Rien de Grave

주스틴 레비 지음 • 이희정 옮김

꾸리에

심각하지 않아

Rien de Grave

2009년 10월 출간

프랑스 언론에 가장 많이 등장하는 좌파 지식인 아버지 앙리 레비와 『보그VOGUE』 지 표지를 장식했던 슈퍼모델 엄마 사이에 태어난 첫째 딸. 귀족 출신의 백만장자 할머니와 할아버지, 그리고 고양이들까지.

"모두들 부러워했을 만큼
내 삶은 완벽했다.
그녀가 내 남편을 빼앗기 전까지는...!"

주스틴 레비

첫 소설 『랑데부』로 21살의 나이에
일약 베스트셀러 작가가 되고 평단의 주목을 받던
그녀가 사랑을 빼앗기고 폐허의 상황 속에서
써내려간 이 소설 『심각하지 않아』는 프랑스 사회를
경악케 했다.

출간 즉시 『다빈치코드』와 『해리포터』를 제치고
50만부 이상 팔린 화제의 베스트셀러!

Grand Prix de l'Héroïne Marie France 2004
Prix Le Vaudeville 2004
longlisted for the Prix Goncourt and the Prix Médicis

이 책은 프랑스의 현존하는 최고 권력과
지식인들의 삶의 내면을 속속들이
들여다보게 해주는 소중한 텍스트이다.

프랑스 버전 막장 드라마, 유럽을 뒤흔든 파리 스캔들

시아버지의 애인과 사랑에 빠져 아이까지 낳은 남편 이것은 영화나 드라마가 아니다. 실제 상황이다!

SYNOPSIS

프랑스를 대표하는 지식인이자 철학자인 앙리 레비의 딸 주스틴 레비(루이즈)는 아버지의 가장 친한 친구의 아들인 라파엘 앙토방(아드리앙)과 결혼, 뜨겁게 사랑한다.
어느 날, 시아버지가 아들부부에게 새 애인을 인사시킨다. 그녀가 바로 훗날 프랑스 대통령 사르코지의 부인이 된 카를라 브루니(파울라)이다. 주스틴은 남편인 앙토방을 비롯, 모든 남자들에게 야릇한 눈길을 보내는 브루니가 왠지 모르게 불안하다.
그러던 어느 날, 주스틴은 집안 관리인으로부터 놀라운 이야기를 듣게 된다. 브루니가 밤에는 시아버지와 보내고 낮에는 남편을 몰래 만난다는 사실이다. 급기야 앙토방은 아버지의 애인을 빼앗고 집을 나가 버리는데...

루이즈 / 주스틴 레비

"여자에게 사랑한다고 말하는 건 부끄러움을 감수하고 뱉어야 하는 말이다. 남자와 여자 사이에 사랑한다는 말은 헤어지는 빌미가 될 수도 있으니까."

아드리앙 / 라파엘 앙토방

"질투하지 마, 당신은 그 여자보다 10억 배는 더 예뻐. 그 여잔 꼭 터미네이터 같아. 게다가 그 여자는 우리 아버지와 사귀고 있으니 여자를 넘어서서 금기가 되었어."

파울라 / 카를라 브루니

"사람들이 아무 말이나 막 하네. 더러운 인간들이 내가 네 남편과 잤다고 하잖아. 너희 두 사람은 정말 예쁜 커플이야."

권력과 사랑을 쟁취하기 위한 위험한 욕망의 질주

니콜라 사르코지 대통령의 부인.
최정상급 모델 겸 가수출신의 퍼스트 레이디.
전 세계 매스컴의 스포트라이트를 받는 뉴스메이커, 카를라 브루니.
그러나 그녀의 별명은 남자 사냥꾼(man-eater).

"그녀는 아름답지만 위험해요.
마치 살인자의 미소를 띤 터미네이터 같아요."

주스틴과 앙토방, 브루니를 둘러싼 애정관계도

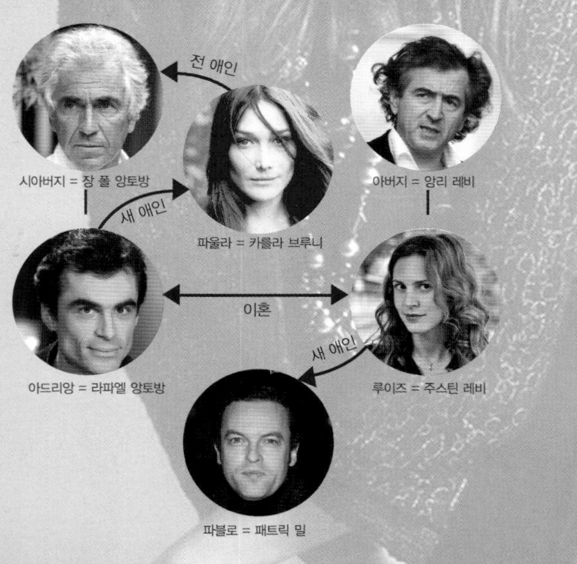

브루니의 남자들

믹 재거에서 에릭 클랩튼, 케빈 코스트너, 벵상 뻬레와 부동산 재벌 도널드 트럼프…… 니콜라 사르코지 프랑스 대통령의 부인 카를라 브루니의 화려한 남성 편력 명단이다. 믹 재거의 연인이었던 브루니는 에릭 클랩튼과 파티를 즐겼고 케빈 코스트너의 구애를 받았으며 도널드 트럼프를 매혹시키기도 했다. 이 같은 남성 편력 때문에 프랑스에서는 브루니를 '남자사냥꾼(man-eater)'로 묘사하기도 했다.

“삶은 긴 것이다. 심각할 것 하나 없다!”

프랑스 상류층의 비겁한 자화상, 젊은 세대의 고통스러운 자아 찾기와 사랑의 탐구
실화와 소설의 경계를 허물어뜨린 프랑스 고백문학의 새로운 실험

센세이션이다... 이 소설은 불가능한 것을 다루었다. 페미니스트인 철학자-시인의 언어와 TV 드라마가 결합된 것처럼 재미있다.

커쿠스 리뷰 Kirkus Reviews

적어도 당대의 다른 고백문학보다 훨씬 더한 깊이와 느낌, 자기만의 스타일이 있다.

컴플리트 리뷰 Complete-review

날렵하고 섹시한 작은 책.

배니티 페어 Vanityfair

매 페이지마다 즐거운 냉소주의가 슬금슬금 기어 다닌다.

퍼블리셔스 위클리 Publishers Weekly

지식인들의 삶을 들여다볼 수 있는 영리하고 완벽한 책.

샌프란시스코 크로니클 San Francisco Chronicle

상처를 극복한 여성, 그리고 성장해가는 작가의 숨 가쁘고도 잔잔한 고백.

렉스프레스 L’ Express

“주변 사람들이 내게 책 쓰라고 했어요. 왜냐하면 너무 지쳤고 죽고 싶었거요... 남편에게 버림받았다 사실은 끔찍했었죠. 그런 책을 쓰기 시작하니까 상이 바뀌었어요... 자 봐, 보 말이야, 어때!”

224쪽 | 양장 | 값 11,000원

주소 (우)121-838 서울 마포구 서교동 358-152번지 3층
전화 02)336-5032 **팩스** 02)336-5034 **전자우편** courrierbook@naver.com

꾸리에

1

할머니 장례식에 청바지 차림으로 갔다. 사람들이 그렇게까지 놀랄 줄은 몰랐다. 아무도 신경 쓰지 않을 줄 알았고, 청바지가 눈길을 끌지 않을 거라 생각했다. 옷을 입으며 딴 생각을 했다. 영문을 알 수 없었다. 할머니는 죽지 않았어, 할머니가 땅에 묻힐 리 없어, 할머니한테 전화해야 해, 그런 생각을 했다.

누가 장례식 후에 파티 비슷한 걸 준비했다고 했다. 그런 모임을 파티라고 하는지, 정확히 뭐라고 하는지 모르겠다. 나는 택시를 잡아타고 가자고 했다. 어디요? 모르겠어요, 푸르 가는 어떨까요, 내 사무실이 있어요. 도망쳤다. 그런 파티에는 가고 싶지 않았다. 나는 파티를 한 번도 좋아해 본 적이 없었다. 어렸을 적, 엄마 아빠와 떨어져 할머니와 살던 열서너 살 때, 할머니는 나를 억지로 밖으로 내보내 파티나 축제에 가게 했다. 할머니는 내게 드레스를 빌려 주었다. 할머니들은 보통 손녀들을 억지로 학교에 보내거나 음식을 남기지 않게 하지만, 나의 할머니는 억지로 나를 파티에 보냈다.

나는 훌쩍거리며 여드름이 났단 말이야, 라고 했다. 여드름 때문에 세상이 끝장난 것 같았다. 내 얼굴에 온통 여드름 하나만, 거대한 여드름 하나만 있는 것 같았다. 무슨 여드름? 할머니는 나를 쳐다보지도 않고 말했다. 어디 있단 말이니? 여기 코에 났잖아. 코에 코가 하나 더 붙었어! 아니야, 괜찮아. 아무렇지 않아. 아주 귀엽기까지 한데. 어디 애교 점을 찍어 볼까? 나는 애교 점은 싫다고 했지만(코에 애교 점이 웬 말이람), 할머니는 나를 기어이 파티에 보냈다. 내게 화장을 해 주고, 자기처럼, 아니 아마도 엄마처럼 꾸며주었다. 눈은 숯처럼 시커멓게, 입술은 체리처럼 빨갛게, 속눈썹에는 반짝이를 붙이니 여드름은 눈에 띄지도 않았다. 딴 사람이 된 것 같아 기분이 나아졌다. 완벽하게 변신한 건 아니었지만, 그래도 나는 딴 사람 같았고 그게 썩 마음에 들었다. 그렇지만 나는 겁이 나고 부끄러워 차 안에서 펑펑 울었다. 화장이 지워져서 사람들 눈을 오래 속이긴 글렀다. 열두 시가 되기 전의 신데렐라 노릇을 하기엔 나는 어눌하고 멍청한

데다 못생겨서 모두 금세 알아챌 것 같았다. 하지만 그날, 택시 안에서 나는 울지 않았다. 파티에 가지 않을 거야, 라고 생각했다. 할머니는 죽었어. 내겐 세상에서 가장 예쁜 할머니가 있었는데 이제 죽었고, 나는 울지 않을 거야.

휴대전화가 울렸다고 기억한다. 발신번호가 뜨지 않는 걸 보니 분명 아드리앙이다. 아니 어쩌면 엄마일지도 모른다. 엄마는 늘 때를 잘 못 맞추니까. 늘 말도 안 되게 위급한 상황이었고, 나보다 좀 더 맛이 가 있으니까. 엄마는 어쩌면 울 거야. 엄마라면, 하는 생각이 들었다. 엄마는 할머니를 무척 좋아했다. 할머니는 아빠와 연결된 마지막 끈이었으니까. 어쩌면 엄마는 나한테 함께 울자고 전화했을지도 모른다. 하지만 그러고 싶지 않았다. 아무 것도, 정말 아무 것도 하기 싫었다. 필요한 건 오로지 담배 한 개비뿐. 아, 그러고 보니 담배를 벌써 피우는 중이었다. 어쨌든 엄마는 메시지를 남겼다. 야옹아, 야옹이 너 듣고 있지?

아드리앙과 함께였을 때, 우린 곧잘 전화 응답기에 목소리를 함께 녹음했다. 한 단어나 한 문장씩 번갈아서, 아니면 같은 문장을 동시에 남기면서, 우리는 함께 있다는 사실에 너무도 만족했고 자부심을 느꼈다. 우린 자신들만의 사랑에 만족하고 자부심을 느끼는 두 명의 바보였다. 그들에게 보여줄 거야. 아, 그들이 보게 될 거야. 우리의 위대한 사랑을 그들 면전에 대고 흔들어 줄 거야. 태양처럼 빛나는 대단한 사랑, 머리는 두 개지만 몸은 하나, 몸은 두 개지만 영혼은 하나인 우리 사랑을. 그러다 아드리앙이 나를 간질여 웃기거나, 실없는 농담을 주고받기도 했다. 그걸 들은 양가 아버지들이 우리를 꾸짖었다. 응답기 인사말이 그게 뭐냐. 너희는 이제 어린애들이 아니야. 도무지 진지하지가 않잖니. 아니요, 진지해요. 우리는 서로 진지하게 사랑하고 있어요. 오래 전부터 우린 어린애들이 아니고, 우리는 아주 진지하게 사랑하고 있어요.

123... 어찌됐든 음성 메시지를 확인해 보았다. 역시 엄마, 아빠, 가브리엘. 그리고 저장된 메시지 중에는 할머니 목소리도 있었다. 목소리가 아주 멀어서 거의 알아들을 수가 없었다. 여보세요, 우리 아가 루? 할머니에게 나는 언제나 아가 루였다. 내 귀에 할머니 목소리가 들렸다. 할머니는 죽었지만, 그건 할머니 목소리였다. 들으면 마음이 놓이고, 마음을 사로잡는 목소리. 여보세요, 여보세요? 할머니는 언제나 작은 빨간 전화기로 내게 전화를 했다. 빨간색을 무척이나 좋아해서 차도 빨간색 오픈카였고, 욕실 깔개도 빨간색, 내가 멋 부리고 싶을 때 빌려

입던 할머니 스키복도 빨간색이었다. 내 귀에 들리는 할머니 목소리는 평소 때와 똑같았다. 여보세요, 한 다음에 잠깐 시간을 두고 놀리는 듯한 투로 "우리 아가 루"라고 했지만 목소리가 너무도 약했다. 이미 죽어가고 있는 중이었나 보다. 하지만 나는 울지 않는다. 울지 않았지만 내 속에서 뭔가 꿈틀댔다. 심장 한쪽을 잡아 비트는 것 같았고, 전력질주를 한 후처럼 심장이 쿵쾅거렸다. 메시지를 듣지 말 걸 그랬어, 라고 생각하지만 나는 여전히 울지 않는다.

할머니는 아드리앙이 떠나서 잘 됐다고 했다. 나는 산산이 부서져서 녹초가 되었지만, 할머닌 잘 떠났다고 했다. 너한테 맞는 남자가 아니었어. 바람둥이에, 꾼이야. 꾼? 무슨 꾼? 허무꾼. 이렇게, 팔을 흔들어서 바람을 막 일으키면서 사람을 허무하게 만드는 거지. 알겠니? 아드리앙이 날 떠났을 때 할머니는 그렇게 말했다. 묘지에서도 나는 녹초가 되어 울 힘조차 없이, 아무런 반응 없이 멍하니 청바지 차림으로 있었다. 할머니는 청바지를 무척 좋아했다. 청바지를 입으면 엉덩이가 예뻐 보인다며 항상 입고 다녔다. 청바지에 날렵한 구두를 신으면 충분히 세련돼 보일 수 있다고 생각하면서. 나는 보기 흉한 구두를 신어서 그다지 세련돼 보이진 않겠지만, 아무 상관없다. 웃음 섞인 밝은 목소리로, "루이즈, 너 정말 멋지다!"라고 말해 줄 할머니가 이제 없으니.

빽빽이 모여 코를 훌쩍이는 사람들 사이에서, 아드리앙이 평소답지 않게 마치 콩이 튀어나오듯 내게 달려든다. 6개월 전에 보고 한 번도 못 봤는데, 하필 그 시점, 그 장소를 골라서 말이다. 내게 귀띔이라도 해 주던지, 그 자리에 아예 오지 말았어야 했다. 그도 잘 알고 있다. 내가 갑작스러운 일을 싫어한다는 걸. 어쨌거나 나는 놀라기에는 너무 무감각해져 있다. 빨개진 눈과 핏기 없이 엉망이 된 굳은 얼굴을 하고 아드리앙이 내게 달려든다. 턱은 틱 발작, 아니면 딸꾹질을 하는 것처럼 이상하게 덜덜 떨고 있다. 그는 울면서 베이비, 내 사랑, 내 꼬마 곰이라고 말하며 손가락 마디가 보라색이 되도록 자기 손을 비튼다. 이제 다른 누군가의 손. '잘 나가는 사람들'이 차는, 커다랗고 번쩍거리는 손목시계를 차고 있다. 예전에 우리가 함께였을 때는 그런 사람들을 비웃었었다. 우리가 서로 사랑했을 때, 그때 우리는 샴쌍둥이 같아서 왜 다른 사람들을 그토록 비웃는지, 서로에게 설명할 필요조차 없었다. 아드리앙이 찬 비싼 시계를 보니, 마치 자기는 돈이 많고 시간이 별로 없지만 내 할머니 장례식에 왔다고 과시하는 것 같다.

그는 시계에 만족하는 것처럼 보인다. 장례식장에 있

다는 것에, 무엇보다 자기가 운다는 것에, 모든 사람들에게 자기가 거기 있고 우는 모습을 보여준다는 사실에 만족하는 것처럼 보인다. 어쩌면 그 새로운 턱 운동도 아침마다 거울 앞에서 연습했는지도 모른다. 아니, 어쩌면 새로운 일생일대의 여자인 파울라에게 시험해 보았을지도 모른다. 아드리앙이 날 끌어안도록 내버려 두었다. 허무꾼의 슬픔이라니. 할머니라면 그렇게 말했을 거라는 생각을 한다. 그런 다음 그가 몸을 떼었을 때,(나는 포옹에 답하지 않았다. 힘을 빼고, 두 팔이 그의 재킷 양 옆에서 덜렁덜렁 흔들리는 것을 보고 있었다. 이 남자는 나올 때에도 아마 파울라한테 허락을 받았을 것이다.) 내 목이 온통 그의 눈물로 축축해진 게 느껴졌다. 우웩! 그는 나를 아래위로 뚫어져라 쳐다본다. 믿을 수 없다는 듯도 하고 나무라는 듯도 한 눈초리를 보니 보나마나 청바지가 문제다.

장례식 날 나는 슬프지 않았다. 할머니가 죽었지만, 내 속은 이미 부어오를 만큼 부어있고 절망으로 무너져 내려서 슬프지 않았다. 울지도 않았다. 주위에는 온통 모르는 사람들뿐이다. 슬픔에 잠겨 모여든 사람들은 그들이 왜 거기에 와 있고, 왜 슬퍼하는지 잘 아는 것 같다. 마르세유, 마드리드, 텔아비브, 뉴욕처럼 멀리서 온 사람들도 있다. 할머니 친척, 그러니 내 친척들이다. 그들은 할머니를 사랑하고, 내 슬픔도 사랑하는 것 같다. 내가 뭐라도 해 줄 수 있을까? 네 할머닌 내게 정말로 특별한 분이었으니 거리낌 없이 말해라. 그리고 아빠. 내 아빠의 슬픔. 나는 지금껏 한 번도 아빠가 그토록 슬퍼하는 모습을 본 적이 없었다. 아빠도 한 사람의 아들이라는 걸 예전엔 미처 몰랐다. 그런데 아빠는 어떻게 우는 걸까? 당신 옆에 있는 딸이 울지 않는다는 걸 아는 걸까? 너무 많이 울어서, 내가 울지 못하고 있다는 걸 모르는 건 아닐까? 모두 운다. 그리고 모두 내게 다가와서 친절하거나 서툴거나 다정한 말을 건넨다. 나는 속으로, 입 다무세요, 나는 울지 않는데 당신들은 왜 우나요, 라고 되뇐다. 그리고 고개를 숙이고 운동화 코끝으로 모래바닥에 그림을 그린다. 동그라미, 하트, 네모. 나는 그저 그 자리에 있는 것에, 울지 않는다는 사실에 죄책감을 느낀다. 청바지 차림인 것에, 바람둥이한테 차인 것에, 살아있다는 것에, 울지 않는다는 것에 죄책감을 느낀다. 나는 죽었다, 죽었다, 죽었다. 할머니는 죽었다, 운명했다, 사망했다, 숨을 거두었다. 죽었다, 죽었다, 죽었다. 그리고 나는 아무렇지 않다. 빌어먹을 인생 같으니. 더러운 실연의 아픔. 아차 하는 순간에 우리는 친절한 사람들을 심드렁하게 바라보고, 자기 할머니 장례식에서조차 울지 않을 만큼 감정이 메마른 못된 년이 되는 것이다.

평소에 나는 잘 운다. 별별 일에 다 운다. 넘어질 때, 이가 아플 때, 사람들한테 떠밀릴 때, 무서울 때, 피곤할 때, 사람들이 날 좀 가만히 내버려뒀으면 싶을 때. 정말이지 나를 좀 가만히 내버려두고 휴대전화가 그만 울리면 좋겠다. 내가 뭘 하는지 사람들이 서로 물어볼지도 모른다. 묘지에서 떠난 후에 그 애를 본 사람 있어? 불쌍한 루이즈, 굉장히 슬퍼하더라. 숨어서 조용히 울려고 뛰쳐나갔나 봐.

내가 마지막으로 울었던 게 언제더라? 우리 집 근처 식당에서 타르타르스테이크를 주문했을 때였나? 생각해보니 돈을 가져가지 않았고, 그 말을 식당 주인에게 차마 할 수가 없어 밖으로 뛰쳐나갔고, 그런 다음부터는 어쩔 수 없이 그 식당을 피해서 먼 길을 돌아 집으로 가야 했다. 아니면 버스정류장 비바람막이 뒤에 서 있던 2미터 높이의 파울라 사진 광고판에 콧수염을 그려 넣었던 때였나? 결혼반지를 뽑으려고 했지만 손가락이 부어오르기 시작해서 반지에 톱질을 해서 끊어내야 했던 때였나? 아니다. 나는 그 때도 울지 않았다. 아드리앙에게 차이고, 방치되고, 버림받았다는 충격으로 나는 핵폭탄을 맞은 것 같은 상태였다. 어쩌면 그래서 내가 식당에서 슬그머니 빠져나가고, 일부러 손가락을 붓게 했는지도 모르겠다. 울려고, 울고 싶은 감정을 느끼려고. 미지근한 눈물은 마음을 진정시키고, 눈물을 흘리면 마음이 무척 위로가 된다.

할머니가 죽었다. 장례식 날 나는 울고 싶은 마음이 아주 조금이라도 있었으면 했고, 할머니의 죽음을 믿고 싶은 마음이 아주 조금이라도 있었으면 했다. 하지만 나는 시력이나 말을 잃듯이 눈물을 잃어버렸다.

2

오늘 아침, 보나파르트 가의 내 방 문틈 사이로 머리카락이 하나도 없는 엄마의 작은 머리가 보였다. 가려움증이 생긴 한쪽 팔과 두 배로 부어오른 다른 쪽 팔. 엄마는 우리, 파블로와 내가 잠에서 깨는 걸 바라보며 정확한 동작으로 정성스럽게 부은 팔을 주물렀다. 라프레리 크림을 갖고 싶어. 세상에서 제일 좋은 크림이야. 요전 날 엄마가 내게 말했었다. 그래서 나는 인터넷으로 라프레리 크림을 몇 개 주문했다. 계산은 엄마 옛날 애인의 신용카드로 했다. 캐비어 크림, 에너지 콤플렉스 크림, 비타민 C와 양 태반 세포, 알파 하이드로액시드 성분이 들어있다는 크림을 샀다. 굉장하다, 야옹아. 정말 굉장해, 라고 엄마는 말했다. 하지만 며칠이 지나니 엄마는 내게 크림 얘기를 더 이상 하지 않았다. 엄마가 크림을 쓰고 있는지 아니면 친구에게 팔았는지 확인하려고 날을 하루 잡아서 화장품 케이스를 뒤져 봤더니, 크림은 포장을 뜯지도 않은 채 그대로 있었다. 화장품 설명서에 적힌, "피부에 염증이 생기면 의사의 진단을 받으시오."라는 항목에 빨간 색으로 표시를 해 두었을 뿐이었다. 엄마는 설명서 여백 부분에 "경고! 경고! 리프팅!"이라고 써 놓았다. 무료 샘플에 딸려 있는 설명서의, "독자적으로 개발한 식물 추출물 복합체가 피부 톤을 정돈해주는 데 도움을 줍니다." "피부에 탄력과 빛, 새로운 젊음을 더해 줍니다."라는 부분에는 네모를 쳐 놓았다. 내 방 문틈에서 팔을 주무를 때도 엄마는 라프레리 크림을 사용하지 않는다. 엄마가 사용하는 건 역겨운 병원 냄새가 나는 연고다. 꽤 떨어져 있는데도 나는 그 냄새에 구역질이 난다.

엄마는 이제 젖가슴이 하나밖에 없다. 부어오른 한쪽의 거대한 젖가슴. 하지만 엄마는 문틈에서 우리가 깨어나는 걸 바라보며 무척 흡족해 한다. 왼쪽 가슴에는 아무것도 없고 커다란 흉터만 있다. 엄마는 내가 포르만테라 섬에 갔을 때 사다 준 커다란 스카프 자락으로 왼쪽 가슴을 가렸다. 보라색 밀짚모자가 너무 축 늘어져서 귀를 거의 다 덮지만 내가 준 선물이라서 늘 쓰고 다닌다. 아침부터 그 모자를 쓰는데 오늘 아침도 그랬다. 가발보다는 덜 더워. 게다가 땀이 날 때 모자로 이마를 닦을 수도 있단다, 라고 엄마가 말한다. 알겠니, 야옹아. 암이란 건 결국 조직의 문제야. 알았어, 엄마. 알았다고. 하지만 도대체 어떻게 사람이 그렇게 아픈데도 만족해 할 수 있을까?

엄마는 밤마다 두 시간에 한 번씩 일어나서 오줌을 누러 간다. 엄마의 단호한, 아니 서두르는 발걸음. 소리를 내지 않으려고 애쓰지만, 나는 그게 더 싫다. 아니면, 반대로 일부러 소리를 낸다. 조심해, 나 여기 있어. 나야. 민망하게 홀딱 벗고 있지들 말아라. 나, 알리스가 여기 있으니까, 라고 우리에게 알려주고 싶어서다. 엄마는 빨리 가려고 성큼성큼 걸어서 내 고양이들을 겁에 질리게 만든다. 야옹거리며 엄마 뒤를 졸졸 따라다니는 엄마의 고양이가 아니라 내 고양이들을. 엄마의 고양이 때문에 파블로가 잠에서 깬다. 무슨 일이야, 무슨 일이지? 아무것도 아냐, 우리 엄마야. 다시 자. 엄마는 타차*를 수 리터나 들이키고 아침 공복 때 레몬즙을 마신다. 간에 좋기 때문이다. 엄마는 타차를 '고양이차'**라고 부른다. 엄마의 간은 온통 망가졌고, 종양이 전이되어 커져있다. 나는 언제나 엄마한테 미안하다고 말하고 싶어 한다. 도대

* 보이차의 한 종류.
** 프랑스어 발음으로 타차를 '뛰오샤'(Tuocha)라고 하는데, '샤'가 '고양이(Chat)'와 발음이 비슷해서 나온 말장난.

체 뭐가 미안한 걸까? 진작 도와주지 못한 것? 가끔 아프게 한 것? 나는 어떤 날은 무척 의욕적이고, 흥이 나서 윈도쇼핑도 하고, 엄마와 긴 대화를 나누기도 한다. 그럴 땐 나도 엄마도 즐겁다. 하지만 다음 날이 되면 아드리앙이 떠난 후부터 생긴 내 이기심과 무기력함, 걱정이 고개를 쳐들어 모든 불행으로부터, 심지어 이토록 아픈 엄마로부터도 도망치고 싶어진다. 슬퍼지는 걸 감당하려면 아주 행복해야 한다. 아주 행복하거나 대단한 용기가 있어야 한다. 그런데 나는 용기도 별로 없고, 아주, 아주 불행하다.

그래서 나는 멍하게 산다. 엄마에게 문자를 보낸다. 5주에 한 번씩 엄마가 화학 치료를 받을 때 함께 간다. 엄마에게 연어 알과 유기농 햄버거스테이크를 사준다. 엄마는 연어 알을 숟가락으로 떠먹는다. 대체요법 치료사가 하루에 붉은 살코기 500그램을 섭취하면 혈소판 수치가 올라간다고 했다. 그리고는 팔의 붓기를 가라앉혀주는 마사지사에게 간다. 그런 다음 사무실로 돌아왔다가 걸어서 엄마를 또 데리러 간다. 택시를 타기에는 너무 가깝지만, 엄마한테는 너무 멀고 피곤한 거리다. 엄마가 불편하면 안 되니까 내가 부축하고, 엄마는 다리를 절뚝거리며 힘겹게 걸어온다. 그러면 못된 사람들은 우리를 보고 노골적으로 눈을 돌려버린다. 딸인 나조차도 엄마의 불행이 무서운데 그들은 오죽하겠는가.

어쨌든 나는 내가 사람들 눈을 잘 속인다고 생각한다. 내가 엄마를 잘 돌본다고 엄마가 생각할 거라고 믿는다. 나는 예전에 엄마가 나한테 그랬던 것처럼 대체로 2주일에 한 번, 그리고 휴가의 반을 할애해서 엄마를 돌봐 왔었다. 아드리앙이 떠났을 때만 빼고. 그때 엄마는 정말 굉장했었다. 계속 날 웃기고, 내게 요리를 해 주고, 아침마다 깨워주었다. 그런 적이 한 번도 없었기 때문에, 무척 놀랍고 새로웠다. 어떨 때는, 심지어 실연의 아픔이 거의 느껴지지 않는 것도 같았다. 나는 그때의 엄마처럼 엄마한테 하지 못한다. 엄마보다 훨씬, 훨씬 못 한다. 저녁마다 나는 일이 많은 척 하고, 엄마는 나를 믿어주는 척 한다. 하지만 사실 나는 집에 돌아가기 전에 수영장에 간다. 내 작은 행복, 내 작은 근육들. 엄마는 알 것이다. 나를 잘 아니까. 게다가 엄마는 내가 안을 때 염소 소독약 냄새를 맡을 것이다. 화학 치료가 끝나고 엄마가 헛소리를 할 때, 단 둘이 있는 것이 무섭다. 엄마는 열에 들떠서 울고, 웃고, 사과하고, 무척 추워하고, 무척 더워하고, 아무 말이나 한다. 엄마가 그다지 상식적인 사람이 아니라는 걸 잘 알지만, 아무렇지 않은 것처럼 행동하지만, 그럴 때면 정말이지 무섭고 도망치고 싶다는 생각밖에 안 든다.

엄마의 의지가 약해지는 것 같을 때, 나을 거란 확신과 소망이 약해지고 자신을 무너뜨리는 치료법과 구토의 나날들, 토하는 것 말고는 아무 것도 할 수 없는 날들을 받아들이기 힘들어 하는 것이 느껴질 때, 더 이상 견디기 힘들어 할 때, 고통이 멈추었으면 하는 바람이 살고 싶은 욕망보다 더 강해지는 게 느껴질 때, 나는 엄마에게 아드리앙 이야기를 한다. 그러면 엄마는 곧바로 화를 내면서 활력을 되찾는다. 그 더러운 인간, 마녀, 사악한 근친상간 커플. 아, 더러운 것들. 아, 끔찍한 것들. 엄마는 그들을 끔찍이 싫어한다. 엄마는 나와 할머니 몫까지 그들에게 욕을 퍼붓는다. 그들에게 편지를 쓰거나 아드리앙을 흠씬 패 주고 싶어 한다. 그리고는 갑자기 배가 고프다고 한다. 맹렬한 에너지로 병을 이기고 그를 때려눕힐 기세다. 엄마가 그렇게 한 번 화를 내면 나는 몇 시간, 어떨 때는 며칠 동안 조용히 지낼 수 있다. 엄마를 혼자 둘 수도 있다. 엄마가 흥분해서 남자 친구들을 만나고, 약을 먹고, 복수 계획을 잔뜩 세우고, 욕을 퍼부을 거란 걸 나는 안다. 아드리앙 효과가 떨어지면 다른 방법을 찾아야 하는데, 찾아내는 데 늘 성공하는 건 아니다. 나는 좀 피곤하다. 엄마 때문에, 나 때문에, 엄마의 병 때문에, 엄마가 끊임없이 조잘대는 기나긴 저녁들 때문에. 엄마는 심각한 얘기, 웃기는 얘기, 머리 아픈 얘기를 끝도 없이 해 댄다. 특히 내가 말을 하기 싫을 때나 텔레비전을 보고 싶을 때, 집중을 해야 할 순간에 엄마는 언제나 말할 거리를 가져온다.

파블로가 늘 그 자리에 있다. 그는 가정교육을 잘 받아 공손하다. 우리 엄마잖아, 그렇지? 파블로가 엄마를 독특하다고 생각할 거라 믿는다. 엄마는 쉴 새 없이 이야기하고 그에게 도움이 되고 싶어 한다. 신문 기사를 오려서 그에게 주지만, 이미 읽은 것이다. 엄마가 'SOS 배관공'에 회원으로 가입해 주지만, 파블로는 3개월 만에 해지한다. 오늘 아침에도 엄마는 차 쟁반을 들고 우리 방에 들어온다. 재빨리 이불을 덮어쓰지만 너무 늦었다. 엄마가 파블로의 알몸을 봤다. 괜찮아, 괜찮아. 일어날 시간이 됐어. 이건 꿀차인데, 너희들 거기에 좋은 거야. 파블로는 고맙다고 웅얼거린다. 방바닥에 굴러다니는 옷가지에 엄마의 발이 걸려서 쟁반이 파블로의 손에 떨어지고, 우리는 뜨거운 차에 덴다.

나중에 잠이 깨면 엄마에게 말할 것이다. 엄마, 난 엄마가 아침에 내 방에 들어오는 거 싫어. 혼자 있는 것도 아니고, 이제 난 열다섯 살이 아니란 말이야. 엄마는 깨달을 것이다. 창피하고, 자존심이 상하고, 부끄럽고, 자기 집으로 돌아가고 싶을 것이고, 밤새 토할 것이다. 나도 부끄러울 것이다. 이게 무슨 짓이람. 엄마가 내 방에 들어오는 게 뭐 어떻다고. 엄마는 아프고, 꿀차를 타 주지 않은 지난 몇 년을 한꺼번에 보상해 주고 싶은 것이다. 그래, 엄마가 우리 사생활을 좀 침해한 건 사실이다. 하지만 사생활이 무슨 상관이람. 내 사생활 따위가 뭐라고. 엄마는 정말, 정말, 뭐라고 표현해야 할까. 그 다정함을, 그 사랑을. 적당한 말을 찾을 수가 없다. 그런 말이 존재하지 않을지도 모른다. 어떨 땐 내가 암을 대신 앓아 주고 싶다. 암을 엄마한테서 훔치고 싶다. 하지만 그게 엄마를 편안하게 해 주고 싶어서일까, 아니면 질투가 나서, 엄마 대신 응석을 부리고 싶어서일까? 이런 생각을 하는 내가 정 떨어진다. 이렇게 냉정한 사람이 되어 버린 게 정말 싫다.

엄마의 고양이도 끔찍이 싫다. 엄마의 야옹이는 나인데 엄마와 함께 자는 건 그 녀석이다. 엄마는 고양이를 정말 잘 돌본다. 수의사들에게 데려가고, 때 맞춰 약을 먹이고, 안고 어루만져준다. 고양이한테도 야옹아라고 부르지만, 내게 욕을 할 때도, 안아줄 때도, 엄마는 억양을 달리해서 언제나 야옹이라고 부른다. 그래, 나는 엄마의 고양이, 진정한 고양이다. 할머니 장례식에서 울지 않는 고양이, 늘 같은 옷만 입는 고양이, 전화를 받지 않는 고양이, 파티를 싫어하는 고양이, 늘 잠만 자는 고양이, 혼자 내버려두는 걸 좋아하는 고양이. 그런데 왜 그놈의 바보 같은 고양이는 내 물건에 오줌을 싸고, 밤마다 끔찍한 소리로 거의 사람처럼 울어댈까? 나는 엄마에게 말한다. 엄마, 고양이 좀 엄마 집에 놔두고 오면 안 돼? 아니면 친구 집에라도. 그래야 우리가 좀 살 것 같아. 고양이 때문에 내가 잠을 못 자겠어. 게다가 그 고양이는 벼룩까지 있잖아. 여기선 행복하지 않을 거야. 걔네 집이 아니니까. 엄마도 잘 알잖아. 고양이는 주인이 아니라 자기 영역에 더 애착을 느낀다는 걸. 엄마가 그 고양이한테 한 짓을 생각해 봐. 엄마는 그 고양이를 사랑하고 있다고 생각하겠지만, 사실은 그렇지 않아. 고양이가 이름도 없고, 비실비실하고 못생겼어. 늘 우리 발밑에 있다고. 난 그 고양이가 정말 싫어.

엄마는 그래, 그래, 야옹아, 라고 대답한다. 이해한다고, 엄마가 알아서 하겠다고, 어쨌든 엄마는 엄마 집에 있는 게 더 낫겠다고 말한다. 그리고는 토라져서 고양이랑 몽마르트르의 엄마 집으로 돌아가서 다시 오지 않는다. 엄마, 내가 어리석었어. 미안해, 돌아와. 고양이랑 같이 와. 동물을 질투하다니 정말 바보 같아. 돌아와. 내가 귀마개를 할게. 하지만 엄마는 화가 잔뜩 나서 고집스럽게 보나파르트 가로 돌아오지 않고 며칠, 몇 주나 버티고 있다. 전에는 내가 이렇게 못되지 않았는데. 파블로 말대로 아마 그 모든 일이 나를 망가뜨렸나 보다.

3

나는 엄마를 너무 무시한다. 늘 엄마를 생각하고, 굳이 생각하려 하지 않아도 머릿속에 있는데 말이다. 엄마는 내게 부담감, 자책감, 부드러운 존재감, 커다란 절망감으로 언제나 나와 함께 있지만, 나는 엄마를 무시한다.

오늘도 그렇다. 내가 나아지고 있고, 아드리앙이 멀리 있고, 그가 멀리 있는 게 좋았다. 시간도 많고, 4월의 건조하고 화창한 날인데다, 파블로와 영화를 본다. 걱정 없는 척 웃으며 나는 엄마를 생각한다. 하지만 충분하지 않다. 더 많이, 훨씬 더 많이 엄마를 생각해야 한다고 생각한다. 뭐? 확실한지는 모르겠지만 나는 안다. 엄마가 나으려면 내가 필요하다고 확신한다. 하지만 일이 바라는 대로 되지 않아서 마음이 아프다.

언젠가 우리는 프레오클레르크 식당의 테라스에 앉아 있었다. 엄마는 얼굴까지 치미는 열기 때문에 스카프가 푹 젖을 정도로 땀을 뻘뻘 흘리면서도 오한 때문에 덜덜 떨고 있었다. 엄마를 화나게 할 생각으로 아드리앙 이야기를 꺼냈는데, 때마침 아가씨 한 명이 지나갔다. 감탄이 절로 나올 만큼 예쁘고 유혹적이었으며, 꽉 끼는 티셔츠 위로 도드라진 커다란 가슴이 무척 아름다웠다. 사람들이 모두 뒤돌아보았다. 엄마, 저 여자 가슴 봤지! 엄마는 미소 지었다. 하지만 미소 전에 언뜻 그늘진 표정을 지었다. 나는 내 뺨이라도 치고 싶었다. 엄마가 그 그늘에 대해 이야기하고 싶어 했기 때문이다. 나도 예전엔 가슴이 예뻤어. 나도 예전엔 내 가슴이 자랑스러웠지. 내 가슴을 사진으로 찍게 했고, 그렇게 찍은 사진은 《보그》지 표지에서만 볼 수 있었어. 바닷가에서, 카페의 테라스에서 사람들은 알리스야, 그녀의 가슴이야, 라고 말했지. 옷을 입고 있어도 늘 벗은 것 같은 아가씨들이 있어. 나도 그런 아가씨들 중 하나였단다. 그리고 그 아가씨는 사라졌지. 다 지난 일이야, 라고 말하며 엄마가 웃었다. 나는 끌어안고서 말해주고 싶었다. 의사들이 엄마 가슴을 완전히 새롭게 고쳐 줄 거야. 아주 예뻐질 거야, 예전처럼. 두고 봐. 하지만 너무 늦었다. 엄마는 이해할 수도, 받아들일 수도 없을 것이다. 엄마는 벌써 다시 아드리앙에게 화를 내고 있었다.

엄마가 아프다는 이야기를 내게 했던 날을 기억한다. 엄마가 연락도 없이 내 사무실에 들이닥쳤다. 나는 엄마가 복도를 따라 앞으로 걸어오는 모습을 본다. 모두 엄마의 빠른 발걸음, 여왕 같은 옷차림, 약간 초췌한 얼굴을 본다. 창백한 얼굴빛이 오히려 엄마에게 잘 어울린다. 엄마는 뭐든 잘 어울린다. 자고 일어났을 때도, 죽을 만큼 취해 있어도, 불행해도 아름답다. 피로감과 사랑, 환희와 우울감, 정말이지 뭐든 다 잘 어울린다. 엄마는 기적이다. 언제나 사람들을 돌아보게 만든다. 미니스커트를 입은 엄마를 보던 사람들이 줄줄이 충돌하는 일은 다반사다. 엄마는 히피스타일의 조그만 바구니를 들고, 노란 반바지와 기모노 상의를 입었다. 언제나처럼, 내게 말해 줄 급하고 중요한 일이 있다는 듯 숨을 헐떡이고 있다. 또 언제나처럼, 엄마는 속고 농락당했을 것이다. 나는 그걸 10미터 밖에서도 느낄 수 있다. 엄마가 나타난 걸 보는 것만으로도, 세월이 흐르는 동안 늘 나를 자극하고 뒤흔든 그 농밀한 분위기를 보는 것만으로도 알 수 있었다. 10미터 밖에서도, 엄마가 비밀로 간직하고 있는 그 황당하고 복잡한 사연 중 하나를 내게 털어놓을 것이라는 걸 느낄 수 있다.

나는 내 사무실에 있었다. 지겹고 덥다. 아드리앙을 생각하지 않으려고, 일 하러 다닐 힘을 얻으려고, 어쩔 수 없이 자낙스*와 해시시**에 지나치게 기댔다. 아빠는 내가 깨어날 때까지 몇 번이고 전화기에다 퍼부어대며 말했다. 오늘은 일 하러 가야지. 이건 명령이야. 나는 아빠 말에 순종했다. 그리고 사무실에 와서 원고 더미 사이에서 쓸모없이 떠다니고 있다. 책으로 출판되지 못 할, 거의 나만큼이나 쓸모없는 원고들. 생각만 해도 벌써 지겨워서 하품이 난다. 나는 엄마를 만나는 게 좋다. 엄마의 이야기를 귀 기울여 들어주고, 이야기의 초점과, 말도 안 되는 부분들을 찾아낸다. 가끔은 그냥 돈 문제일 때도 있고, 지하철에서 가방을 소매치기 당했다든가, 못된 우체국 놈들이 파업 중이라는 이야기를 할 때도 있다. 위조지폐를 받았다든가, 절친한 친구를 도와줘야한다는 이야기일 때도 있다. 그래, 너도 아는 사람이야. 너도 굉장히 잘 아는 사람이라고. 프랑수아즈 있지. 네가 어렸을 때 널 돌봐줬잖니. 수두 걸렸을 때 간호도 해 주고, 네가 익사할 뻔 했을 때 건져줬지. 네 아빠에 대해 기사를 쓰기도 했단다. 그런데 그 사람이 괜한 오해에 휘말려서 유치장에 갇혀 있어. 1,546프랑이 있어야 하는데 없다는

---

* Xanax, 신경안정제.
** Hashish, 대마를 원료로 한 마리화나 같은 향정신성의약품.

거야. 우리 집 아래에 있는 현금인출기가 내 카드를 먹어 버렸어. 그럴 땐, 보통 나는 아빠한테 전화를 걸어서 엄마 이야기를 좀 더 그럴 듯하고 명확하게 전하거나, 아예 완전히 다른 이야기를 꾸며낸다. 아빠는 다른 할 일이 있어서 의심할 시간이 없거나, 우리를 정말로 믿는다. 어쨌거나 상관은 없다. 돈이 필요하다고 할 때의 엄마는 무척 당당하고 거만한 태도로 하품 나오는 거짓말을 늘어놓는다. 아빠는, 그게 엄마가 할 만 한 건 다 써먹고 마지막으로 쥐어 짜낸 해결책이라는 걸, 그래서 믿는 척 해 주어야 한다는 걸 잘 안다. 엄마는 내게 돌진해 오고, 나는 준비가 돼 있다. 사무실 문을 닫고 우리는 간단히 차를 타서 마실 것이다. 엄마는 내게 엄청나게 복잡한 이야기를 하고 또 할 것이고, 우리는 해결책을 찾아낼 것이다. 우리는 언제나 해결책을 찾아내니까.

사실 내 눈에 처음 띈 건 엄마의 반바지나, 초췌한 얼굴과 가방이 아니라, 어깨에서 넘실거리는 헤나로 염색한 머리였다. 몇 달 전 엄마는 내게 전화로 머리를 자를 거라고 했다. 그러면 머리카락이 더 튼튼하게 자란단다. 기분이 좋지 않았다. 나는 변화가 싫다. 사람들이 변할 때 나는 무섭다. 특히 엄마가, 엄마의 머리모양이 바뀔 때는 더 그렇다. 허리까지 오는 길고 탐스러운 갈색 머리는 내가 엄마를 생각할 때 가장 먼저 떠오르는 이미지다.

내가 어렸을 때, 우리는 몇 달이나 서로 만나지 못했다. 어렸을 때의 몇 달은 두 배, 세 배, 혹은 그 이상으로 길게 느껴지는 굉장히 긴 시간이다. 엄마는 헤어질 때 머리카락을 조금 잘라 타래를 지어서 내게 주었고, 나는 그걸 지금도 항상 가지고 다닌다. 그 머리 타래는 무척 길고 부드러우며, 지금까지도 여전히 꿀 샴푸와 유행 지난 향수, 그리고 담배향이 섞인 냄새가 난다. 지금 엄마의 머리는 무척 아름답고 마치 나일론처럼 반짝인다. 사무실에 들어온 엄마에게 대뜸 머리 이야기부터 한다. 엄마, 머리 정말 예쁘다! 엄마는 나를 쳐다보지도 않고 천천히 내 맞은편 자리에 앉아서 담배에 불을 붙인다. 바구니에서 손수건을 꺼내 니스를 바른 것처럼 번들거리는 이마의 땀을 닦는다. "이거 내 머리 아니야, 야옹아."

갑자기 나는 영문을 알 수가 없다. 엄마가 아무 말이나 막 한다고 생각한다. 농담이야, 장난일 거야. 가발 쓰고 영화라도 찍는 걸 거야. 말장난인데 내가 뜻을 파악하지 못한 거야. 나는 되묻는다.

"뭐야, 엄마 머리가 아니라고?"

"응, 야옹아. 내 머리가 아니야."

엄마한테서 거의 볼 수 없는 말투, 심각함, 고통, 절망스러운 분위기, 반쯤 벌린 입, 한곳을 바라보는 시선. 농담을 하는 분위기가 전혀 아니다. 그 다음부터 나는 안개 속을 헤매는 기분이다. 두 단어 중 하나만 들리고, 문장은 아무 의미가 없고, 수 킬로미터 밖에서 들려오는 소리 같다. 머리는 텅 비고 심장은 쿵쾅거린다.

"네 아빠가……암……너한테 말하지 말라고 했어……할머니가 돌아가시고……아드리앙……먼저 병을 낫게 한 다음, 너한테는 나중에 이야기하라고 하더라……하지만 그러면 너무 오래 걸리잖니, 야옹아……생각보다 더 오래 걸릴 거야……무척 화가 날 거야……무척……그 사람은 널 보호하기 위해서라고 하지만……내 생각엔 그게 더 나빠……내 생각엔 암을 이기려면, 암을, 암을……."

나는 소리친다.

"도대체 무슨 얘기 하는 거야? 암이 뭐가 어쩌고 어째?"

나는 엄마에게 달려든다. 그리고 분노에 휩싸여 아무런 생각도 하지 않고 엄마의 비단결같이 아름다운 머리를 잡아당긴다. 엄마의 머리카락이 내 손에 뭉텅 잡히고, 그 속에 숨겨져 있던 작은 머리통이 드러난다.

자리에 다시 앉는다. 엄마와 나 사이의 탁자 위에 뭔가 물컹하고 죽은 것이 던져져 있는 것 같다. 고개를 든다. 몸을 떤다. 천장을 올려다본다. 생각한다. 울지 마. 울면 안 돼. 엄마한테 내가 필요하니까. 울지 말자. 강해져야 해.

나는 눈물이 나지 않기를 빌며 중얼거린다.

"담배 한 대 줘."

눈썹을 찌푸리며 집중하는 얼굴로 엄마는 가방을 뒤적거려서 벤슨 앤 헤지스 라이트 담배갑을 내게 내민다. 아드리앙은 그 담배가 BHL*이라고 했다. 당신 엄마는 BHL을 피우네. 그렇게 말하며 그는 화를 내곤 했다.

"날 원망하니?"

"뭘 말이야, 엄마?"

"너한테 말해서. 아빠 말 안 듣고."

나는 엄마한테 대답해주고 싶다. 엄마 바보 아니야? 엄마를 원망하느냐고? 엄마를? 정말 못 말리겠네! 난 그렇게까지 약하지 않다고! 다들 무슨 생각을 하는 거야? 우리 둘이면 더 강해. 아빠까지 셋이면 더 그렇고. 날 그만 좀 아기 취급 해! 하지만 눈물이 쏟아질 것 같아서, 끝까지 말하지 못하고 어찌할 바를 모를까 너무 무서워서, 그냥 아냐, 아냐, 말한 게 더 나아, 라고만 대답한다. 그리고 새로운 현실을 받아들이려 안간힘을 쓴다. 신성모독이라도 되는 양, 아직 제대로 입 밖에 내지도 못하는 암이니 화학치료니 하는 현실을. 엄마는 암에 걸렸고, 벌써 화학치료를 받아서 머리가 빠졌다. 어떻게 내가 아무

---

* 프랑스에서는 베르나르 앙리 레비(Bernard Henry Lévy)를 줄여서 BHL이라고 부른다.

것도 몰랐을 수가 있지? 추측조차 못했을 수가 있지? 나는 어찌된 괴물이기에 아무 것도 느끼지 못했을 수가 있지? 왜 하필 엄마인 거지? 어떻게 이런 일이 엄마한테 일어난 거지? 엄마는 절대로 꺾이지 않고, 죽지도 않는 사람 아니었나? 한두 번 약물 중독을 겪고서도, 온갖 자살 시도를 다 하고서도 살아났잖아? 슬픔과 광기도 이겨냈잖아?

그 순간 엄마는 도둑처럼 슬그머니, 내가 허공을 쳐다보고 있는 틈을 타려는 듯이, 탁자에 놓인 온통 헝클어진 가발을 집어 들어서 머리에 다시 쓴다. 저 가발 나쁘지 않은데, 라고 나는 생각한다. 엄마의 예전 머리모양을 똑같이 흉내 내 만든 가발이다. 거울이 없어서 아무렇게나 뒤집어쓴 가발이 이마 밑으로 너무 내려갔고, 머리 타래가 한쪽으로만 길게 늘어졌다. 그걸 보니 진짜 머리 같다. 어릿광대의 머리. 그래서 전혀 예상하지 못했던 일이 벌어진다. 무척 어리석은 행동이다. 나는 말을 하지 않고 웃는다. 엄마는 처음에는 놀라다가 마음을 놓는다. 나는 눈에 가득 고인 눈물을 감추는 데 성공한다. 이번에는 엄마가 웃음을 터뜨린다. 우리는 함께 오랫동안 웃는다. 바보들처럼, 미친 여자들처럼, 우리는 급기야 신경질적으로 웃으며 멈출 줄 모른다. 우리가 함께 이야기 한 모든 고통과, 우리가 나누기 시작한 커다란 슬픔을 씻어주는 고마운 웃음이다.

그날부터 의사들을 찾아다니기 시작한다. 수많은 대기실. 수없이 되풀이되는 진찰. 의사들 중 한 사람이 진단을 바꿔 주기를 바란다. 아니에요, 환자분은 아프지 않아요, 암이 아니에요, 라고 말해주길 갈 때마다 기대한다. 다섯 살 때 내가 정말 안경을 껴야 하는지 알아보려고 아빠와 함께 안과 다섯 곳을 갔었던 때처럼. 살면서 엄마와 그처럼 많은 시간을 보낸 적이 없었던 것 같다. 늘 쉽지만은 않다. 엄마가 그 틈을 타서 모든 일에 다 참견을 하려고 하기 때문이다. 내 인생, 아드리앙, 아드리앙을 잊으려고 사귀는 애인들. 그 시기에 사귀던 애인 세 명과, 애인 비슷한 남자들에게 엄마는 무척 관심을 가졌고, 내가 그들과 헤어지면 눈물을 흘렸다. 엄마는 그들에게 전화를 하고, 우연히 마주친 것처럼 보이려고 일을 꾸몄다. 헤어지지 말라고, 루이즈는 돌아올 거라고, 지금 그 애가 약간 혼란스러운 상태지만 반드시 돌아올 거라는 말을 해 주기 위해서였다. 그러면 나는 당연한 듯 화를 내고, 이내 화를 낸 나 자신을 미워했다.

어느 정도 시간이 흐른 뒤, 나는 엄마가 생각보다 훨씬 강하고, 꿋꿋하고 용기 있는 사람이라는 걸 알게 되었다. 엄마를 생각만 해도, 화학치료를 열다섯 번 받으러

가면서 립스틱을 다시 바르는, 비틀거리면서도 웃는 엄마를 떠올리기만 해도 나는 눈물이 난다. 무릎을 꿇은 사람은, 엄마가 아니라 나다. 허구한 날 욕을 퍼붓는 사람도 나고, 불같이 화를 내는 사람도 나고, 내게 떨어진 모든 불행에 대해 온 세상을 저주하는 사람도 나다. 엄마가 병이 나다니. 어떻게 이럴 수가. 의사들이 엄마를 바로 낫게 할 수 없다니. 의사들은 도대체 뭐하는 사람들이야, 응? 뭐하는 사람들이냐고? 열 받아. 엄마가 어떻게 그렇게 늦게, 1에서 4기 중 3기가 되어서야 병을 알아낼 수가 있었지? 어떻게 아무것도 눈치 채지 못할 수가 있었지? 열 받아. 처음에 우리가 쫓아다니던 돌팔이들 때문에. 그 사람들은 그저 엄마 가슴 위에 대고 추를 흔들기만 했을 뿐 화학치료를 하지 않았지. 화학치료는 원자폭탄이에요. 환자분은 백리향을 달여서 마시면 나을 수 있어요. 엄마는 그 돌팔이들을 믿었고, 나도 잠깐 그들을 믿었었다. 그리고는 곧바로 엄마한테 짜증을 냈다. 왜 그런 엉터리한테 진찰을 받으러 갔어? 하지만, 엄마한테 짜증을 내 봤자 소용없는 일이고, 엄마도 야단 들을 나이는 지났다. 엄마와 나는 사연이 무척 복잡하다. 그런 면에서 나는 엄마보다 훨씬 나약하다. 그리고 마지막으로 아드리앙 때문에 열 받는다. 못돼 처먹은 놈, 아드리앙. 하필이면 일부러 이런 때를 골라서 나를 차 버리다니.

그때 나는 무슨 일이든 아드리앙에게 책임을 돌렸다. 슬픈 건 아드리앙 때문이다. 악몽을 꾸는 것도 아드리앙 때문이다. 폭식증과 거식증, 할머니가 돌아가신 것, 마수드* 장군이 암살당한 것, 나쁜 날씨, 사스(SARS), 이스라엘-팔레스타인 분쟁, 내 첫 주름, 눈가의 다크서클, 이 모든 게 전부 아드리앙 때문이다. 게다가 엄마의 병까지! 엄마가 병이 났는데, 내가 어떻게 아드리앙 탓을 하지 않을 수 있을까! 아드리앙이 다 계산한 거야, 라고 나는 생각한다. 미리 다 계획한 거야. 아드리앙이 나와 같이 있었다면 날 도와줬을 테지. 아드리앙의 어머니, 형제자매들, 할머니, 아버지, 가족 전체가 관심을 가졌을 테고, 모두 엄마를 위로해 줬을 거야, 아마도. 하지만 지금 남은 건 고작 바보 같은 음성 메시지, 병신 같고 상스러운 문자 메시지뿐이다. 파울라는 내 새로운 인생이야. 나는 왕처럼 행복해. 당신 왜 나한테 전화해주지 않아? 나는 그가 나한테 그런 메시지를 남기면서 계속해서 죄를 짓고 있다고 생각한다.

슬픔에 슬픔을 더하면 두 배가 되는지, 아니면 반으로 나누어지는지 모르겠다. 어떤 부분들은 두 배가 될 것이다. 사람들은 생각한다. 또 뭐지? 내 머리 위에 또 뭐가 떨어지려는 거야? 슬픔에 한계가 있을까? 하지만 슬픔

* Ahmad Shah Massoud, 반소항전을 이끈 아프가니스탄 반군 사령관.

은 내게 엄마를 돌보게 하고, 이름이 없던 고통에 이름을 붙일 수 있게 했다. 나는 불행해질 마땅한 이유가 있었고, 그 슬픔을 다른 슬픔을 억누르는 데 사용했다. 나는 더러운 실연의 기억을 지우는 데 엄마의 병을 이용했다. 그 이야기를 입 밖에 꺼내는 나 자신을 저주한다. 그 생각을 하는 나 자신을 저주한다. 나는 내가 끔찍이 싫다.

4

파블로를 만나러 왔다. 그는 긴 소파에 다리를 포개고 앉아 있다. 가지런한 이, 잘생긴 얼굴. 내게 마놀레트, 아니 엔리케 폰체*인가 하는 사람에 대한 영화 이야기를 하다가, 투우사들, 삶, 죽음, 소뿔에 대한 이야기를 늘어놓는다. 그는 그 이야기가 내 마음에 들기를 간절히 바라고, 그런 이야기라도 나와 함께 나눌 수 있으면 정말로 기뻐할 것이다. 때때로 나는 약간 관심이 있는 척 하고, 판에 박힌 다정한 말을 마치 고양이에게 주는 것처럼 던져준다. '개한테 주는 것처럼' 이라고는 차마 못하겠다. 너무 폭력적이기 때문이다. '고양이에게 주는 것처럼' 이 더 낫다. 하지만 이번에는 관심 있는 척하기도, 질문을

* Enrique Ponce, 스페인의 유명한 투우사.

해 주기도, 억지로 감탄하기도 싫다. 우와, 잘 됐다. 세비야에 가. 님에 가. 그렇게 그에게 반응을 해 주기도, 신세를 지기도, 포기하기도, 양보하기도 싫다. 마음속으로는, 파블로 하자는 대로 조금만 못 이기는 척 끌려가면 나도 열광하게 될 것이라는 걸 잘 알지만. 하지만 나는 어떤 것에도 열광하고 싶지 않다. 그 어떤 것에도.

파블로는 내 마음에 든다. 내 스타일도 아니고 나를 닮지도 않았지만, 바로 그런 이유 때문에 내 마음에 든다. 샴쌍둥이 단계, 머리 둘 달린 독수리, 같은 뇌를 공유하기, 따뜻한 옷을 입는 것처럼 다른 사람의 삶에 슬그머니 끼어들기, 그런 유치한 바보 짓거리는 그걸 함께 했던 어떤 악질의, 멍청한 녀석과 함께 끝났다. 나는 지금 때때로 그저 함께 있는 파블로가 입을 다물고 떠났으면 하고 바란다. 적의와 악의로 가득 찬 그런 나를 바라보며 파블로가 묻는다.

"도대체 당신이 하고 싶은 게 뭐야? 살면서 하고 싶은 일이 뭐야?"

그날 나는 아무 것도 하기 싫었다. 이야기를 듣기도, 안 듣기도, 편안하게 있기도, 불편하게 있기도 싫다. 그냥 거기 있으면서 담배 한 대를 피우고 싶다는 생각을 한다. 삶이 어떤 모습일지, 미래가 어떤 모습일지 어쨌든 알고 싶지 않았다. 가까스로 미래에 닿더라도, 언제나 그와 함께 있을 것이기 때문에 나는 토하고 싶다. 아니 잠을 자고 싶다. 나는 이를 꽉 물고, 흐릿해 보이는 소파 가장자리를 보며 대답한다.(나는 콘택트렌즈를 끼지 않았다. 파블로를 더 화나게 하려고 그의 침대 끝보다 더 멀리는 보지 못하는 못된 장님이 되기로 했다.)

"아무 것도 없어."

"살면서 관심이 가는 일은 뭐야?"

"아무 것도 없어."

"좋아. 아무 것도 하기 싫다는 거지?"

"응."

"주부가 되고 싶어? 아이들을 낳고 싶어?

"아니."

"좋아, 훌륭해. 당신은 그러니까, 수동적으로 살고 싶구나."

"응."

"흘러가는 대로 살고 싶은 거야."

"응."

"당신은 식물이 되고 싶은 거야. 수영복이 되고 싶고, 아니면……무나 아유브*가 되고 싶구나."

"나는 그냥 날 좀 조용히 내버려 뒀으면 좋겠어."

---

* Mouna Ayoub, 레바논 출신의 유명한 여성 사업가.

나는 고함을 지르고, 그는 아무 말도 하지 않는다. 파블로는 결코 포기하지 않는다. 우리가 안지는 겨우 몇 주밖에 되지 않았지만, 그는 나를 다루는 법을 안다. 그는 시간이 어느 정도 흐르면 내가 늘 평상심을 되찾고, 거의 상냥해지기까지 한다는 걸 안다. 그는 거만하게 앉아서 기다리기만 하면 된다. 아니, 파블로는 나를 다루는 법을 모른다. 잠시 아드리앙과 착각했다. 아니, 아니다. 아드리앙은 나를 다루는 법을 알았나? 처음부터 완전히 오해했던 건 아니었을까? 내가 그의 새어머니들 중 하나를 질투해서 맨 처음 싸웠을 때부터 모든 일이 시작되었던 건 아닐까? 그가 내게 제정신이 아니라고 해서 나도 그런가 했다. 한창 싸우던 중에 갑자기 그는 내게 마치 아주 중요한 일이라는 듯 물었다. 당신 솔빗 없어?

파블로는 아무 말 없이 소파에서 일어나 텅 빈 널찍한 거실을 가로질러 걷기 시작한다. 처음 내 집에 왔을 때 그는 놀란 얼굴로 이런, 당신 집엔 아무 것도 없네, 라고 말했었다. 그리고 동시에 뭔가를 가져다놓아야겠다고 궁리하는 듯한 태도를 취했다. 나는 깜짝 놀랐고, 거의 분노가 치밀어 올랐다. 물건이 좀 없는 게 사실이었지만 아무것도 없는 건 아니라고 생각했기 때문이다. 그러나 나는 그가 내 집을 자기 물건들로 빨리빨리 채우는 게 좋았다. 투우 포스터, 책들, 내가 모르는 가수들의 시디 따위들을 가져다 놓고 음악을 무척 크게 틀어놓아도 전혀 거슬리지 않는다. 내가 원하지 않는 것은 오직 그가 내게 자기 취미를 함께 하고, 사랑하고, 감상하고, 차이점을 느끼자고 요구하는 것뿐이다. 그건 정말 하기 싫다. 그런데 그는 내게 그런 걸 요구하지 않는다. 내 못된 성격을 지나치게 무서워해서 자기한테 상냥하게 대해달라고 요구하지도 못한다. 그는 눈 깜짝할 사이에 자기 허섭스레기, 자기 인생을 내 집에 가져왔고, 그 역시 내 마음에 들었다. 집에 들어갔을 때 뭔가 소비되는 것이 있다는 느낌, 내가 어떻게 채울지 몰랐던 그 공간, 텅 빈 구멍 같던 그 공간을 파블로와 그의 허섭스레기 같은 물건들이 차지하고 있다는 그 느낌이 좋았다. 그렇게 해서 예전보다 덜 비어있는 거실을 파블로가 이리저리 걷기 시작한다. 나는 막 그의 걸음걸이에 익숙해지기 시작했다. 그의 걸음걸이가 아드리앙의 것과 겹쳐진다. 파블로의 발걸음과 겹쳐지던 아드리앙의 발걸음이 조금씩 어긋난다. 마치 파블로가 걸으면서 아드리앙을 짓이겨버리는 것 같고, 파블로 덕분에 아드리앙이 땅 밑으로 사라져버리는 것 같다. 파블로가 다가와서 내 담배를 가져다가 자기 담배에 불을 붙이고 코로 연기를 내뿜는다. 우리는 투우장에 나갈 준비가 된 황소 이야기를 나누었고, 그는 아주 부드러운 목소리로 내게 말한다.

"아니, 난 당신을 조용히 내버려두지 않을 거야."

뭐 이런 멍청이가 다 있지! 아무 것에도 상관하지 않는 여자, 언제라도 폭발할 수 있는 여자의 말은 거스를 수 없다는 걸 이 사람은 모르는 걸까?

"그럼 난 당신을 떠날 거야."

"뭐라고?"

"당신을 떠날 거야, 떠날 거야, 떠날 거라고!"

"미쳤구나, 루이즈. 당신 미쳤어."

"꺼져."

"아니, 절대 떠나지 않아. 당신을 이런 상태로 놔두지 않을 거야."

"무슨 상태? 웃기지 마. 이게 내 상태야. 나는 혼자 있고 싶어, 알아들어? 혼자, 혼자, 혼자, 혼자, 혼자!"

"혼자 뭐 하려고?"

"아무 것도 안 해! 아무 것도 안 할 거야, 아무 것도!"

"그럼 글을 써! 아니면 종이 찢어 붙이기를 하든가, 영화를 찍든가, 노래를 만들든가. 뭐라도 해. 그러면 적어도 딴 데 정신을 팔 수 있을 테니까."

"난 당신의 열정 때문에 화가 나. 당신은 언제나 사물들의 좋은 면을 보지. 하지만 나는 당신이 볼 만한 좋은 면이 없어. 난 혼자 있고 싶어. 아무 것도 기다리지 않고,

아무 것도 기대하지 않고, 잠자고, 줄담배를 피우고, 겨울잠을 준비하는 동물처럼 먹어대고, 머리를 비우고, 아무 생각도 하지 않고, 수세미로 바닥 청소나 하고 싶어. 컴퓨터 게임을 하고, 철 지난 《엘르》나 《뱅땅》 잡지들, 너무 읽어 외우다시피하는 소설들을 읽고, 늘 보는 똑같은 문장에 밑줄을 긋고 싶어. 티브이를 보고, 우유를 마시고, 빵을 차에 적셔서 먹고 싶고, 춤을 추고 싶어. 춤은 혼자서 출 거야. 다른 사람들 앞에선 출 수가 없으니까. 그건 꼭 섹스파티 같아서 역겨워. 지금 나는 울고 싶지도, 웃고 싶지도 않아. 차라리 마사지를 받고 싶고, 애무를 받고 싶어. 나는 가만히 있을 거야. 내가 가만히 있으려고 돈을 지불한 마사지사의 손가락에 몸을 맡기고 최대한 무기력하게 있을 거야. 고양이처럼, 가르랑거리다가 잠이 들고 싶어!"

"그렇구나. 당신 고양이들처럼 말이지. 멋진데."

"그래, 멋져. 나는 멋진 고양이야! 우리 엄마가 날 꼼짝도 하지 못하게 했다고 당신한테 이미 말했지? 한때 허리에 끈을 묶는 게 유행이었어. 엄만 내 허리에 끈을 묶어서 길을 건넜고, 점잖은 사람들은 그 모습을 보고 충격을 받았지. 엄만 내게 까만 옷을 입혔고, 사람들은 그걸 보고 욕했어. 끝내줬지."

"그만 해, 루이즈. 이제 별로 재미없다."

"나도 내가 재미없는 거 알아. 나 당신 떠날래."

"아니, 당신은 날 떠나지 않아."

"떠날 거야."

"아니야. 당신을 사랑해."

"그런 말 해 봤자 소용없어. 그건 세상에서 가장 바보 같은 말이야. 난 당신 사랑하지 않아. 앞으로도 결코 사랑하지 않을 거야. 나는 이제 아무도 사랑하지 않을 거야."

"그 사람, 아드리앙이 당신을 망가뜨렸구나."

"당신하고 상관없잖아."

"상관있어. 내가 당신을 사랑하니까."

"아니야, 당신은 날 사랑하지 않아. 당신이 날 사랑하는 걸 내가 원하지 않아. 내 심장은 완전히 말라버렸어. 완전히 차가워졌어."

"내가 당신 심장에 물을 줄게. 두고 봐, 내가 물을 줄 거야. 이리 와, 여기 내 옆에 와. 그래……."

"나도 예전엔 멋진 여자였겠지. 하지만 이제, 이제……."

"이제, 뭐?"

"당신을 망치고 있어."

"당신을 망친 건 그 사람이야. 당신은 날 사랑할 거고. 두고 봐."

"난 피곤해."

"아냐, 당신은 피곤하지 않아."

"다정한 말 좀 해 줘."

"하고 있잖아."

"고마워, 아, 고마워. 나는 이제 더 이상 견딜 수가 없어."

그렇게 우리는 서로를 떠나지 않았다. 그런 지 이제 2년째다. 그는 내게 아무 것도 요구할 수 없다는 걸 안다. 그는 나에 대해서 아는 게 별로 없다. 하지만 내가 그에게 줄 게 아무 것도 없다는 것, 나 역시 그에게 바라는 게 아무 것도 없다는 건 안다. 어쩌면 그래서 고통스러울 것이다. 어쩌면 그는 자기가 나를 고칠 수 있을 거라고 생각하며 내심 기대할지도 모른다. 그러나 그때 그 말다툼 이후로, 나는 사랑이란 말을 영원히 금지했다. 사랑이란 말은 혐오스럽다. 너무 많이 써먹어 닳고 닳았다. 여자에게 사랑한다고 말하는 건 부끄러움을 감수하고 뱉어야 하는 말이다. 남자와 여자 사이에 사랑한다는 말은 헤어지는 빌미가 될 수도 있으니까. 나는 우리에게 말을 금지했다. 말에는 감정이 뒤따르지 않음을 확실히 하기 위해. 그리고 어느 날 아침, 떠나버린 사랑과 함께 잠에서 깨어나지 않게 하기 위해. 이미 한 번 그랬으니까.

파블로는 다정하다. 그는 이해하는 척 한다. 사랑을 더 해야 해? 그는 말한다. 이미 규칙을 익혀버린 사람처럼 능청스럽게. 사랑한다는 말을 더 해야 해? 사랑한다는 말을 뺀 나머지가 있고, 그 나머지는 어마어마하게 크다. 음절부터 시작해서 목소리의 색깔과 억양이 달랐다. 그가 전화기를 통해 루이즈라고 할 때, 루이즈, 당신 알지, 루이즈, 당신 내 말 듣고 있어, 라고 할 때, 저녁마다 그가 자기만의 방식으로 입술을 동그랗게 오므려 마치 애무하는 것처럼, 토라져서 입을 삐죽이는 것처럼 루, 라고 할 때, 그만의 특유한 방식으로 다시 이즈, 라고 하며 빛을 반사하지 않고 흡수하는 석고처럼 하얀 치열을 드러낼 때, 그가 그렇게 루이즈, 라고 부를 때 나는 그를 나무랄 수가 없다. 그가 아무 말도 하지 않았기 때문에, 금지된 말을 입 밖에 꺼내지 않았기 때문이다. 그건 마치 갑작스럽게 당하는 포옹 같아서 꽤 기분이 좋다. 물론 약간 속임수 같기는 하다. 그래도 규칙에 어긋나지 않기 때문에 화를 낼 수가 없다. 나는 화를 내지 않는다. 괜찮아, 내 이름일 뿐인 걸. 꽤나 다정하네. 그는 내 이름을 속삭이고, 그건 마치 내게 다시 찾아온 부드러움 같다.

5

푸르 가의 내 사무실에는 아무도 없다. 점심시간이니 당연하다. 자리에 앉는다. 그리고 곰곰이 생각한다. 그 일을 처음부터 되짚어 본다. 어떻게 해서, 왜, 파울라가 아드리앙의 아버지와 함께 포르크롤 가의 집에 도착했던 것인지. 그녀의 명랑함과 활기. 그녀는 내 시아버지가 자기 인생의 남자라고 했다. 두 사람은 서로 사랑하는 듯했고, 함께 많이 웃었다. 처음에는 그녀 때문에 나도 웃었다. 그녀가 아버지에 이어서 아들을 원했고, 쾌활한 척하지만 원하는 건 그저 파괴하고 최대치의 비극과 불행을 만들어내는 것뿐이었다는 걸 내가 언제부터 알게 되었을까? 머릿속에서 들려오는 소음 때문에, 불행하게도 나는 제대로 생각할 수가 없다. 창문을 열어 보지만 바깥에서도 거의 같은 소음이 들려온다. 창문을 닫으니, 쾅, 쾅, 널따란 빈 공간에 커다란 충격이 가해지는 것처럼 머릿속에서 엄청나게 큰 소리가 울린다. 관자놀이를 문질러 볼까? 모근을 마사지해 볼까? 예전엔 엄마가 마사지를 해 주었지. 엄마만큼 우울한 생각을 잘 잠재우는 사람은 세상에 아무도 없다. 하지만 지금 내 머릿속에 든 것은 우울한 생각도, 그 어떤 생각도 아닌 그저 소음뿐이고, 이제는 내가 아픈 엄마에게 마사지해 주어야 할 처지다. 아마 그 누구도 엄마처럼 내게 마사지를 해 주지 못할 것이다. 그 누구란 것도. 생각도, 감정도 이제 내겐 없다. 나는 모든 걸 버렸다.

결혼사진들? 신부 화장이 너무 진해서 버렸다.

당신 편지들? 당신이 편지에다 내게 뭐라고 말했는지 기억하지 못할 것이므로 일찌감치 버렸다.

우리가 사랑했을 때, 빈털터리 애송이였을 때 주고받은 엉뚱하고 시적인 콜라주들도 버렸다.

결혼반지도 버렸다. 결혼반지를 자르고 남은 조각들. 부어오른 약지, 아픈 마음만큼 아픈 몸. 정말로 간직하고 싶지 않으세요, 라고 보석가게 여자가 묻기에 괜찮아요. 다 가지세요, 라고 했다.

그리고 내 책장에서 우연히 발견한 원고 더미들. 정말 엉망이라서 욕지기가 나고 토할 것 같다. 뭐든 다 토할 것 같다. 나중에 쓰게 될 거절 편지도, 상대방이 품고 있을 희망도. 버리고 비우는 게 모두를 위해 좋다. 글 쓴 사람을 위해서도, 나를 위해서도, 출판사를 위해서도. 원고 더미를 모조리 버린다. 자, 이것도 버리고, 저것도 버리고, 원고 뭉치를 커다란 쓰레기봉투에 채운다. 분명히 이미 다른 곳에서 거절당했을 것이다. 라벨을 뜯어내려 한 흔적이 있지만 안 봐도 뻔하다. 두꺼운 마분지로 만든 표지, 감동적인 배경그림, 추천사들, 이 모든 노력과 잔꾀들을, 영차, 모두 버린다. 재능, 평범함, 번득거리는 글쓰기 재능들 또한 버린다. 없애버린다. 쓰레기봉투를 꽉 채우고 복도로 질질 끌고 나와서 문 앞에 놓는다. 또 다른 봉투를 집어서 채워 넣는다. 원고는 많다. 너무 많고, 모두 토할 것 같다. 자, 빨리! 책도 그렇다. 책이 너무 많이 출간된다고 모두들 말한다. 청소를 한다, 대청소를. 내 파일들, 디스켓들, 영차, 그 더러운 것들을 쓰레기통에 버린다. 다른 사무실로 간다. 점심시간을 틈타서 최대한 많이 처분한다. 쓰레기봉투 네 개. 복도가 그리 넓지 않아서 다섯 개 이상은 못 놔둘 것이다. 복도는 늘 나와는 별로 안 맞는 장소다. 네 살 때 아빠는 내게 엄마 없이 우리가 함께 살 새 아파트를 보여주었다. 엄마를 떠난, 엄마를 버린 아빠는 새 장난감으로 가득 채운 내 방을 보여주었다. 아빠 서재는 바로 옆에 있었다. 내가 관심 있었던 건 오로지 복도뿐이었던 걸로 기억한다. 장난감 자동차를 갖고 놀거나, 시장놀이를 할 수 있을 만큼 복도가 넓은가? 복도를 성큼성큼 걸어서 현관문까지 몇 발자국에 갈 수 있을까? 어, 갈 때보다 돌아올 때 발걸음 수가 더 많네. 다시 해 보자. 다시 돌아와서 앉는다. 아니, 우선 쓰레기봉투들을 내려놓는다. 아까보다 머리가 더 심하게 울린다. 머리가 빙빙 돌고 쿵쿵 울린다. '고양이차'를 마시고 싶다. 또 고양이? 고양이라면 지긋지긋해. 차가 너무 뜨거워서 혀와 목을 덴다. 한 모금 더 마신다. 잘했어. 나는 사랑스럽기만 했어. 사랑스러워서 배신 같은 걸 당할 사람이 아니었어.

우리는 욕실에 있었다. 그 시절 나는 그의 꼬마 곰이었다. 그의 꼬마 곰인 나는 그 여자를 질투하고 있었다. 파울라, 아드리앙의 아버지와 사귀던 여자. 어느 날 아침 포르크롤 가의 시아버지 집에 그 여자가 도착했을 때 첫눈에도, 여기 사람들은 모두 내 것이고 남자들도 내 거야, 라고 생각하는 타입의 여자인 것처럼 보이기는 했다. 그는 욕조에 앉아 있었고 내가 질투한다는 사실을 재미있어했다. 사랑하는 자기야, 그 사람은 내 새어머니야. 새어머니한테 질투라니! 라고 그는 내게 말했다. 그 말에 나는 웃었지만, 그래도 질투는 가라앉지 않았다. 그녀가 지나치게 애교를 피우는 것 같았기 때문이다. 그녀는 내 시아버지와 함께 있었지만, 나는 그녀가 해변에서, 카페에서, 식사 중에 관심을 끌려고 순진한 척하며 애교를 부리고, 주위에 있는 모든 남자들을 유혹하는 걸 보았다. 아, 어쩌면 이렇게 정열적이실까. 아, 어쩌면 이렇게 유혹적이실까. 그녀의 눈은 그렇게 남자들의 이마에 말을 던지고 있었다. 나는 밀랍에 새긴 조각처럼 미동도 없는 그녀가 아름답지만 위험해 보인다고 생각했다. 그녀는 마치 얼굴뼈 몇 개가 움직이는 것처럼 부자연스럽게 이를 활짝 드러내며 웃었고, 그 이들은 모두 똑같은 모양으로 깎여 있었다. 눈빛은 킬러처럼 매서웠다. 나는 그녀가 아름답지만, 인공적이라는 느낌을 지울 수 없었다.

내가 열다섯 살이었을 때 그녀는 이미 모델 활동을 하고 있었다. 나는 그녀의 완벽한 얼굴에 매료되었다. 오히려 그 얼굴이 그녀가 성형외과 의사와 함께 컴퓨터 화면에서 고른 가짜란 걸 알고 나서부터 그랬다. 자, 보세요. 광대뼈를 이렇게 높게 만들어 드릴게요. 실리콘으로요. 코를 짧게 만들고, 균형 잡힌 옆얼굴을 만들기 위해 턱을 조금 더 넣어드릴게요. 눈은 아주 좋습니다. 더 손 댈 게 없어요. 하지만 눈썹 라인이 올라가도록 관자놀이를 아주 조금 절개할게요. 보톡스 몇 번 맞으시겠어요? 그러면 얼굴 전체가 정돈될 텐데요. 치열 교정은 제 동료를 소개해 드리죠. 그 모든 과정이 내 마음에 쏙 들었다. 그렇게 자기 얼굴 모양을 결정하는 게 내심 무척 세련됐다는 생각이 들었으므로.

아드리앙은 머리를 감고 있었다. 그는 샴푸 칠을 해서 머리를 한쪽 위로 모아 올렸고, 그 우스꽝스러운 모습에 나는 웃었다. 질투하지 마, 당신은 그 여자보다 10억 배는 더 예뻐. 그 여잔 다 뜯어고쳤잖아. 표정이 완전 굳은 게 꼭 터미네이터 같아. 그 여자가 공항에서 나한테 뭐라고 한 줄 알아? 그 여자를 데리러 아버지랑 공항에 갔을 때 말이야. 가방 옮기는 걸 도와주려고 하니까 나한테 고맙다고, 마침 누군가 필요했다고, 그러다 대뜸 자기가 주위 남자들 물건을 다 잘라버릴 거라나. 그런데 어쨌든 그 여자는 지금 우리 아버지와 사귀고 있으니 여자를 넘어서서 금기가 되었어. 그런 거야. 나는 안심했다. 멍청하거나 미친 사람이나 금기에 질투를 할 것이다. 만일 내가 멍청하거나 미쳤다면 그는 나를 사랑하지 않을 것이다. 당신, 나 사랑하지? 말해 봐, 당신 나 사랑해? 그는 나를 사랑한다, 사랑한다고 말한다. 사랑을 내게 보여주며 맹세한다. 이봐, 우리는 한 손의 손가락 두 개 같아. 우린 그런 사람들이라고, 잘 봐. 젠장, 빌어먹을 복도 같으니! 눈을 깜박인다. 티끌이 들어갔나 보다. 사기꾼 같은 녀석. 의심을 했어야 했다. 나는 결코 의심하는 법이 없었다.

두 사람이 함께 뭔가 모의하는 듯한 분위기 때문에 시아버지는 조금 불안해했다. 너희들, 이제 그만 둬. 시아버지가 말했다. 그들이 지나치게 한편처럼 굴거나 서로의 등에 선크림을 발라주거나, 저녁 식사 후에 함께 노래를 부르는 것이 눈에 띄었던 것이다. 나는 그 모습을 보고 웃었다. 속은 쓰렸지만, 어쨌든 웃었다. 질투하지 않아, 질투하지 않아. 내가 미쳤다면 그는 날 사랑하지 않을 거야. 나는 미치지 않았어. 나는 질투하지 않았어. 그랬어야 했어. 그래서 바뀐 게 뭔가? 내가 떠났다면 어땠을까? 아마 나는 떠나지 않았을 것이다. 아무튼 끝이 다가왔다. 우리는 이제 아이가 아니었다. 우리는 아이처럼 발로 차고, 주먹으로 때리고, 쿠션을 들고 싸우면서 서로 사랑했다. 아이, 아이, 아이. 나는 아이들을 증오한다. 사랑을 증오한다. 눈을 깜박인다. 나는 울지 않는다. 아니, 아니다. 그저 눈에 먼지가 들어간 것뿐이다. 나는 사무실에 있다. 예전 아드리앙과 함께였을 때는 이 시간에 결코 사무실에 나오지 않고 주먹을 꼭 쥐고 잠을 잤다. 그래서 나는 그의 꼬마 곰이었던 것이다. 그는 내가 왜 하루 종일 잠을 자는지 알려고 하지 않았다. 나쁜 자식. 내 눈에 더럽고 바보 같은 티끌이 들어갔다. 한때 나와 친구가 되었던 그 여자, 나를 '예쁜 엉덩이'라고 불렀던 그 여자를 생각해야 할까? 안녕, 예쁜 엉덩이? 하루는 내가 그 여자를 수영장에서 마주쳤는데, 그때 벌써 아드리앙과 사귀고 있었지만 나는 알지 못했다. 질투하지 않아, 미치지 않았어, 금기에는 질투하지 않아. 그 여자는 포르말린에 담근 듯한 얼굴로 터미네이터처럼 웃으며 내게 말했다. 사람들이 아무 말이나 막 하네. 더러운 인간들이 내가 네 남편과 잤다고 하잖아. 너희 두 사람은 정말 귀여워. 정말 예쁜 커플이야. 그런 행복을 망치려면 비열해져야 할 거야. 행복은 정말 드물지.

욕실로 가서 렌즈를 물에 씻는다. 렌즈를 떨어뜨리지 않도록 조심해야 한다. 몇 년 전에 콩데 가 집에서 눈을 비비다가 렌즈를 떨어뜨려서 잃어버렸다. 하드렌즈라서 마룻바닥에 떨어지면 조그맣게 딸깍 하는 소리가 난다. 그래서 나는 움직이지 않고 그 자리에 서서 딸깍 하는 소리가 나길 기다렸지만, 아무 소리도 들리지 않았다. 나는 거울 앞으로 가서 렌즈가 흰자위에 없는지, 아니면 속눈썹 어딘가에 붙어있진 않은지 확인했다. 눈동자를 사방으로 굴려보았지만, 렌즈는 흰자위에도, 눈꺼풀에도, 아무 데도 없었다. 나는 당황하기 시작했고, 욕실에서 거실까지 기어가면서 두 손으로 바닥을 샅샅이 훑었다. 아마도 그 중간에 떨어져 있었겠지만, 렌즈를 찾을 수 없었다. 나는 울기 시작했지만, 그래봤자 아무 소용없으니 곧바로 그쳤다. 그 때 아드리앙이 들어왔다. 그는 엎드려서 코를 훌쩍이며 바닥을 손으로 쓸고 있는 나를 보고 물었다. 무슨 일이야? 렌즈를 잃어버렸어. 뭐라고? 렌즈를 찾지 못하면 당신의 그 형편없는 강의에 안 갈 거야. 도대체 왜? 아무 것도 보이지 않으니까. 예비용 렌즈도 없어? 아니. 나한테 예비용 렌즈가 있으면 이렇게 바닥을 기면서 찾고 있지도 않겠지. 아, 어쩌면 당신은 늘 렌즈 하나도 예비용으로 갖고 있질 않는 거야. 그렇게 눈이 나쁘면서. 몰라, 당신 때문에 화가 나. 최악이야. 입 다물어. 지금 최악이란 소리 할 때가 아니야. 그럴 때가 아니라고. 눈을 비비지 말았어야 했어, 자기야. 그런 말을 나한테 해 봐야 무슨 소용 있어. 이미 너무 늦었고 일은 벌어졌는데. 나는 고함을 지르고, 발을 굴렀다. 아드리앙 때문에 너무 화가 나서 렌즈는 생각도 나지 않았다. 그는 깜짝 놀란 얼굴로 나를 바라보더니 갑자기 움직이지 말라고 했다. 그리고 먼지가 잔뜩 묻은 손가락을 내 눈꺼풀에 갖다 대더니, 눈꺼풀을 위로 잡아당기고 속눈썹에 달라붙어 있던 렌즈를 조심스럽게 떼어 냈다. 나는 렌즈를 헹구고 다시 눈에 넣었다. 고맙다는 말도, 아무 말도 하지 않았다. 그로부터 몇 년 후 시력 교정 수술을 받았지만, 이제 앞으로 몇 년 후면 내게도 노안이 찾아올 것이다. 얼마나 끔찍할 것인가. 주름도 생길 것이다. 나는 거울 속 내 얼굴을 본다. 아직 주름은 없지만 안색이 나쁘다.

6

욕실, 질투, 샴푸 칠을 해서 빳빳하게 세운 머리, 눈 맞추기, 다정함, 꼬마 곰, 이 모든 것은 2년 전, 아니 3년 전 과거 일이다. 지금 그는 그 여자, 무척 아름답고, 못됐고, 거만한 파울라와의 사이에 아이 하나가 있다. 내 인생에서 가장 아름다운 날이야, 라고 그는 전화로 내게 말했다. 그런 다음 내 반응을 살피기 위해 잠시 말을 멈췄다. 잉구슈 인들도 아이를 갖게 되면 행복해 하지. 아빠가 나를 위로하려고 말했다. 억울하게 동원되었을, 잉구슈 인들이라는 말에 웃긴 했지만, 나는 위로가 그다지 필요하지 않았다. 사실 그땐 그가 아이를 가졌다는 게 내겐 그리 큰 일이 아니었기 때문이다. 그가 내게 전화할 때마다 나는 생각했다. 그래, 이번엔 무슨 일을 저지른 걸까?

지도 교수랑 잤나? 정신과 의사랑 잤나? 아니면 정신과 의사의 부인이랑 잤나? 그러니 그에게 아이가 생겼건 뭐가 생겼건, 그다지 중요한 일은 아니었다. 나는 약간, 정말 아주 약간 놀랐다. 깜짝 놀라야 했겠지만, 별로 놀라지 않았다. 전화를 끊고 난 후에 전화기 곁에서 감정이 끓어오르기를 기다렸지만, 아무 감정도, 정말이지 아무런 감정도 들지 않았다. 기분이 마치 암페타민*을 먹고 난 끝 같았다. 그때 나는 암페타민을 수시로 먹었는데, 그러다 보니 너무 중독이 되어서 계속 약에 취해 있는 기분이었다. 그때까지 아드리앙은 아직 내게 죽은 사람은 아니었다. 더 나중에 파블로를 만난 후에야 완전히 죽은 사람이 되었다. 그는 그렇게, '나쁜 자식' 단계로 아직 내게 머물러 있었다. 아마도 죽은 건 나였던 것 같다. 너무 상처받아서 아픈 줄도 몰랐던 것 같다. 아니면 충격이 너무 커서 어떤 것도 나를 건드릴 수 없었던 것 같기도 하다.

서로 사랑하고 있었을 때 그는 내게 말했다. 언젠가 당신은 날 떠날 거야. 그 말에 나는 웃었다. 혼란스러웠다. 난 당신을 떠나지 않을 거야, 라고 나는 대답했다. 아니, 당신은 날 떠날 거야. 당신은 여왕이고, 나는 엉덩이

* Amphetamine, 중추신경자극제.

가 무거우니까. 당신은 사람들이 당신에 대해 뭐라고 말하든지, 생각하든지, 좋아하든지, 싫어하든지 전혀 신경 쓰지 않아. 당신은 내가 필요 없어. 아무도 필요 없어. 당신은 강해. 사실은 나보다 훨씬 강해.

나는 박장대소했다. 자기보다 훨씬 강하다니, 아무도 필요 없다니, 무슨 헛소리람. 하지만 그는 집요하게 되풀이해서 말했다. 당신은 언젠가 나를 떠날 거야. 확신해. 하지만 아무도 나만큼 당신을 사랑하진 못할 거라는 것도 확신해. 아, 왜? 그냥. 그냥 뭐? 그냥 그러니까. 난 당신을 속속들이 알고, 속속들이 사랑해. 아무도 당신을 나만큼 속속들이 사랑하지 못할 거야. 나는 그가 틀렸다고 생각했다. 오래된 일이라 기억이 잘 나진 않지만, 나는 그가 틀렸다고, 우리는 결코 서로 떠나지 않을 거라 생각했다. 그는 내 인생의 전부였고, 나는 내 인생을 떠나지 않을 것이었다. 그가 내게 겁을 주려고 그런 말을 한다고 생각했고, 그 사람 없이 살아간다는 걸 생각만 해도 현기증이 났다. 그는 자기를 아프게 하려고, 나를 아프게 하려고 그런 말을 했다. 하지만 그건 세상에 존재하지 않는 색깔을 상상하는 것이었고, 나는 상상할 수 없었기 때문에 아프지 않았다.

그가 나를 떠나던 날, 나는 울지 않았다. 울고 싶어 죽을 지경이었고, 내 속은 눈물로 가득 차 있었고, 죽을 정도로 눈물이 가득 차 있었고, 속으론 소리 내어 엉엉 울었지만 그 사람 앞에선 울지 않았다. 엄마 앞에서도 울지 않았다. 엄마는 아직 암에 걸리지 않았다. 아니 암에 걸린 걸 아직 모르고 있었지만, 엄마는 너무도 마음 아파했다. 어쩌면 나만큼이나 아파했는지도 모른다. 나만큼은 아니었겠지만, 엄마는 그를 너무도 좋아했기 때문이다. 엄마 역시 영문을 몰라 했다. 엄마는 내 집으로 와서 오랫동안 내 머리를 쓰다듬고 마리화나를 한 대 말아주었고, 나는 잠에 빠져들었다. 다음 날 아침, 그의 휴대전화로 전화를 걸었다. 이제 끝인 거야? 당신 떠났어? 정말 떠난 거야? 응, 끝났어. 나 정말 떠났어. 그의 목소리는 너무나 다정했고, 자신조차 그 사실을 믿을 수 없어 무척 힘들어하는 듯 했다. 그가 특유의 방식으로 사랑해, 너무나 사랑해, 미안해, 미안해, 미안해, 라고 되뇌었을 때 나는 그가 너무도 간절히 애원하고 있는 것이라 느꼈다. 그때도 나는 울지 않았고, 그가 우는 걸 바라지도 않았다. 우리는 아무 말 없이 오랫동안 전화기를 들고 있었다. 우리는 여전히 함께 호흡하고 있었고, 심장도 여전히 같은 속도로 뛰고 있었다. 지금 막 분리된 샴쌍둥이처럼, 머리가 잘렸지만 여전히 달리고 있는 몸처럼, 몸이 없지만 여전히 숨을 헐떡이는 머리처럼, 잠시 최후의 포옹, 최후의 결합, 최후의 호흡을 하고 있는 것처럼 느꼈다. 우리는 입을 다물었다. 이야기할 것이 너무 많았지만, 우리는 아무 말도 하지 않을 때 서로를 더 잘 이해했다. 침묵 속에서 우리는 서로의 목소리를 가장 잘 들었다. 그러나 그것도 끝.

나는 지금도 침묵 속에 있지만 아무 것도 들리지 않는다. 머릿속은 쾅쾅 울리고 있지만, 이제 아무 것도 못 듣는다. 몸을 쭉 뻗고, 한쪽 다리를 펴고, 다른 쪽 다리를 그 옆에 나란히 놓는다. 움직이지 않는다. 알겠어, 당신? 우리는 이 두 다리 같았어. 두 손가락, 쌍둥이, 언제나 붙어 다니던 단짝이었어. 여긴 내 사무실이니까, 난 권리가 있다. 원한다면 여기서 잠을 잘 수도 있다. 혼잣말하고, 바보 같은 노래를 부르고, 이를 악물고, 아무 말도, 아무 생각도 하지 않아도 된다. 어쩌면 원고를 마음대로 처분할 권리는 없었는지도 모른다. 하지만 상관없다. 기분이 나아졌으니까. 아주 조금 덜 아프고 머리가 울리는 것도 덜하니까. 치과의사는 내가 이를 하도 악물어서 이가 닳았다고 했다. 내가 일부러 이를 악문 걸까? 어쩌면 밤마다 말하지 않으려고, 내게 각인되어 있는 아드리앙에게 아무 말도 하지 않으려고 이를 악문 것일 수도 있다. 한번은 꿈속에서 아드리앙과 지나치게 많이 수다를 떤 적이 있었다. 꿈이 너무도 폭력적이라고 생각했다. 아니, 폭력이라기보다는 도둑질 같았다. 내 목소리를 도둑맞은 것 같았다. 그래서 복수하려고 그의 일기를 읽었다. 아니, 그렇지 않다. 사실은 그전에도 일기를 읽은 적이 있다. 그는 나를 사랑한다고 썼다. 그러니 사랑한다는 말은 아무런 의미가 없는 것이다. 그는 나를 사랑한다고 썼지만, 나머지 내용은 내가 읽지 않았거나 잊어버렸다. 또 다시 가슴이 아프다. 담배 한 대가 간절하다. 나도 내가 담배를 너무 많이 피운다는 걸 안다. 아기를 가지면 끊을 것이라 생각했다. 아기를 가지려고 시간을 들였었지만 이제 모두 끝났고, 나는 담배를 너무 많이 피운다. 아니 담배만 열심히 피우고 있다. 아니면? 결혼했다. 이혼했다. 이제 뭘 하지? 면허증, 선거, 그리고, 아기 만들기?

이혼은 매우 빨리 진행되었다. 날짜는 잊어버렸다. 나는 날짜를 잘 잊는다. 날짜가 싫다. 나는 내 생일 날도 증오한다. 외울 가치가 없는 이혼 날짜. 아니다. 나는 원래 그렇게 가치가 없는 걸 무척 좋아했다. 파울라가 남자의 얼굴을 고르듯이, 사람들은 모두 자신의 생일을 마음대로 고를 권리가 있어야 한다고 생각했는지 모르겠다. 파블로에게 내 별자리가 전갈자리라고 말해주었다. 처녀자리보다 더 섹시하다고 생각했기 때문이다. 그리고는 11월 중 내 마음에 드는 날짜를 찾아낸 뒤 잊어버리고 있었는데, 그는 잊지 않고 내게 꽃 뭉텅이를 배달시켜 주었다. 꽃 뭉텅이가 아니라, 뭐라고 하지? 꽃 무더기? 아니, 꽃다발. 파블로가 11월의 어느 날 꽃다발을 배달시켜 주었을 때, 나는 놀라긴 했지만 내심 기뻤다. 《엘르》지에 실린 내 별자리 점을 주 단위로 샅샅이 큰 소리로 읽었다. 그러니까, 우리 전갈자리들에게는 어떤 일이 생길까? 내 미래를 결정한다는 게 마음에 들었다. 열세 살 때 생명선을 연장하고 싶어서 손금에 문신을 했던 때가 생각났다. 나는 처녀자리 별점도 가끔 읽었지만, 지나가면서 대각선으로 슬쩍 보고는 큰 소리로 읽지도 않았다. 이걸 내가 피해갔구나, 생각하며 잠시 눈길을 두었을 뿐.

아마 이혼 날짜를 잊어버리면, 이혼했다는 사실조차 회피할 수 있다고 생각했나 보다. 그러려면 그도 마찬가지로 잊어야 했다. 하지만 그는 아무 것도 잊는 법이 없는, 엄청난 기억력의 소유자다. 그는 늘, 가끔은 죽은피를 짜내듯이 기억을 짜냈으면 좋겠다고 말했다. 때때로 그는 내게 두 사람이 함께 있는 사진을 보낸다. 어디서 꺼냈는지 모르겠다. 그가 사진을 쌓아놓고 있었나 보다. 사진 속에서 우리는 벤과 새끼고양이와 함께 로마에 있다. 고양이는 그곳에서 잃어버렸다. 암스테르담에서는 "아무도 우리 엄마가 만드는 것처럼 그것들을 만들 수 없다.(nobody make them like my mum does)"라고 쓰인 광고판 앞에 서 있다. 자메이카에서는 페달보트에서 커다란 시가를 들고 완전히 취해 있다. 이렇게 그는 모두 다 간직하고 있다. 아무 것도 잊는 법이 없다. 그런데 이혼이라니! 그가 내 휴대전화로 전화를 걸었을 때, 어디였는지는 기억이 나지 않지만 나는 새 청바지를 사는 중이었다. 청바지를 산 건 기억나지만, 날짜까지는 모르겠다. 아드리앙은 무척 화가 나 있었다. 당신 도대체 뭐하는 거야? 라고 고함을 꽥 질렀다. 그날이 이혼하는 날이었던 것이다. 그는 검은 정장을 입고 법원 앞에서 나를 기다리고 있었다. 할머니 장례식 때 입은 정장과 거의 같은 옷이었다. 어쩌면 같은 옷인지도 모른다. 중요한 일이 있을 때마다 입는 정장이었으니까. 격분하긴 했지만 머리 모양이 단정했고, 영국산 담배에 흠 잡을 데 없이 반짝거리는 구두를 신었다. 그 모습을 보니, 내가 그를 법원 앞에서 처음 만났다면 전혀 마음에 들어 하지 않았을 거란 생각이 들었다. 나는 청바지 차림에 얼빠진 얼굴을 하고 숨을 헐떡이고 있었다. 처음 만났을 때 이런 꼴이었다면 나 역시 그의 마음에 들지 않았을 것이다. 우리는 판사 사무실에서 서류에 서명을 했다. 이혼은 쉬웠고, 빨리 잘 마무리되었다. 우리도 그저 평범한 사람들일 뿐이었다.

나는 예전에 내 인생을 모두 주었고, 이제 입고 있는 청바지밖에 남지 않은 전처다. 드레스를 입은 전처란 있을 수 없다. 아니면 변장을 해야 한다. 변장을 하려면 무척이나 꿋꿋해야 한다. 망가지기를 두려워하지 말아야 하고, 자신이 어디에 있는지, 누구인지 잘 알아야 한다. 나는 아드리앙의 전처이고 할머니의 전 손녀이다. 파블로는 내가 드레스를 입었으면 했다. 나는 가끔 그에게 생각해 보자고, 그럴 시간을 갖자고 말한다. 드레스는 진짜 여자들을 위한 거란 걸, 망가지지 않은 여자들이 아니면 변장을 한 것처럼 보일 거란 걸, 그러니까 나를 위한 것이 아니라는 걸 잘 알면서도 그렇게 말한다. 이혼 수속이 끝난 뒤 우리는 법원 앞에 있는 카페에 갔다. 아드리앙은 훌쩍이며 울었고, 자기가 슬프다는 걸 만방에 알리려고 검은 선글라스를 써서 내 화를 돋웠다. 나는 울지 않았다. 오래 전부터 슬픔은 나를 울리지 못했다.

여권에서 내 진짜 생일을 알아냈을 때 파블로는 슬퍼했다. 우리는 모로코로 떠나게 되어 지나치게 흥분해 있었고, 그는 쉴 새 없이 아프리카 이야기를 했다. 아프리카, 아프리카 대륙! 나는 그가 귀엽다고 생각했지만 아무 말 하지 않았다. 파블로는 내가 자기를 귀엽다고 생각하는 걸 지독히 싫어하기 때문이었다. 나는 그의 감정을 상하게 하고 싶지 않았는데, 결국 내가 거짓말을 했다는 걸 알게 되어 파블로의 감정이 상해버렸다. 내가 전갈자리가 아니라서 실망했던 것일까. 그는 아무 말도 하지 않았지만, 비행기 안에서 때때로 이 여자는 누구야, 이게 무슨 미친 짓이지, 하는 듯한 삐딱한 눈빛으로 나를 쏘아보았다. 사막 위를 날아가면서, 나는 그를 안심시키려 했다. 당신 알아, 나는 전갈의 후예야. 그것도 좋아. 그게 더 나아. 하지만 나는 그가 나를 더는 믿지 않는다는 걸 알았다. 안됐네. 이번만은 내가 거짓말을 하지 않았는데.

7

보나파르트 가에 내 아파트가 있다. 나는 그 아파트를 아드리앙과 헤어지고 나서 1년 동안 알아보았다. 아파트에 가 보고 또 가 봤는데, 전부 괜찮았고, 전부 마음에 들었다. 나는 기준도 없고 원칙도 없었다. 어떤 것 같아, 어떻게 생각해, 라고 자연스럽고 유쾌한 척 친구들에게 물어보았다. 그렇게 아파트를 알아보는 게 재미있는 척 했다. 아드리앙과 함께였을 때는 고르는 재미 같은 건 없었다. 돈도 없는 주제에 자존심만 높아서 양가 아버지에게 보증금 달라고 손을 벌리고 싶지 않았다. 사실은 아드리앙이 도움을 받기 싫어했고, 나는 아무래도 상관없었다. 나는 자존심이 높지 않았고 그런 염치도 없었다. 결국 보증금을 내 준 사람은 양가 아버지들이었다.

보나파르트 가의 아파트를 알아볼 때는 돈은 문제가 없었지만, 내 곁에 아무도 없었다. 나는 바보처럼 자유로웠다. 마치 뷔리당의 당나귀처럼. 예전에 내 자유는 아드리앙이었다. 아드리앙이 떠나자 자유가 없어져버렸다. 나는 혼자였고, 친구들은 모두 의견이 달랐다. 나는 의견 따윈 전혀 없어서 그런 건 나한테 별로 도움이 되지 못했다. 뭘 하기엔 너무 크고, 누구한테 너무 멀고, 너무 어쩌고, 너무 저쩌고, 너무 호화스럽고, 그런 말이 오가는데 내가 뭘 한단 말인가? 엄마는 그런 나를 불쌍한 부자 아가씨라고 놀렸고, 그 말에 나는 자존심이 상했다. 말도 안 되는 비난이었다. 나는 엄마의 딸이고, 나를 불쌍한 부자로 만든 건 엄마였기 때문이다. 나는 엄마와 지내면 불쌍한 부자였고 아빠와는 로크마리아케르의 캠핑과 파리의 호텔 방을 전전했다. 아빠는 수많은 여자들과 호텔에서 지냈고, 그 여자들은 모두 내가 자기를 엄마라고 불러주길 바라서 나중엔 내가 머리가 돌 지경이었다. 나는 돈은 있었지만 아이디어와 상상력이 없었다. 그런 이유로 나는 지루했고, 아빠는 걱정했다. 아빠를 걱정시키는 건 끔찍한 일이었다. 더구나 딸의 불행을 생각하면서 이미 속을 끓고 있는 아빠를 걱정시키는 것보다 더 곤란한 일은 없다. 오, 저런. 나아지지 않아. 루이즈는 앞으로 나아지지 않을 거야. 그 애 눈에서 읽었어. 그래서 나는 어서 아파트를 구하길 바랐다. 구하기만 하면 좋아하는 척 할 수 있을 것 같아서.

방 하나를 보러 갔다. 방이 마음에 드는지, 거기에 사는 모습이 그려지는지, 누구와 함께, 어떤 색깔을 칠하고, 어떤 음악을 들으며, 어떤 욕망을 품고, 어떤 습관을 가지고 살 건지 아무런 상상을 대입시킬 수 없었고, 아무래도 관계없었다. 나는 마치 회전목마에 갇힌 것 같았다. 회전목마가 빙빙 돌며 멈추지 않았다. 어떻게 내리지, 어떻게 멈추지, 어떻게 발을 다시 내려놓지는 알 수 없었다. 주위의 모든 것이 돌기 시작했다. 내 머리도 빙빙 돌았다. 나는 주저하지도 않았고, 고집을 피우거나 꿈을 꾸지도, 거부하지도 않았다. 나는 텅 빈 공간에 있었다. 몽유병자나 좀비도 아니고, 그저 빈 공간을 떠다닐 뿐이다. 응답기에 남겨진 죽은 할머니의 목소리처럼 빈 공간은 약간 생소했다. 나는 내가 결정을 내려야 한다는 사실을 잘 알고 있었다. 네 마음에 드는 집이 있을 거야, 라고 아빠가 내게 말했다. 무슨 일이니, 뭐 좋지 않은 일이라도 있니? 아무 일 없어요, 아빠. 다 괜찮아요. 이것 보세요. 보나파르트 가에 있는 이 아파트가 확실히 좋을 것 같아요.

태어나서 말하기 시작하면서부터 늘 똑같은 이야기다. 뭐 좋지 않은 일이라도 있니? 아무 일 없어요, 아빠.

다 괜찮아요. 난 아빠의 귀여운 루이즈니까 다 괜찮아요. 내 속이 텅 비어 있거나 혼란스러워도, 러시아 산맥이 통째로 들어있어도, 살려달라고, 살려달라고 소리치고 싶어도요. 내가 치통 때문에 진통제를 먹었던 날처럼 말이에요. 아빠가 재혼할 거라고 한 그날은 이가 아파서 약을 먹어야 했어요. 하나를 먹어도 통증이 가시지 않아서 하나를 더 먹었고, 그러다 보니 네 통이나 먹었죠. 결국 반쯤 잠자는 상태에서 아빠한테 전화를 걸어 심술궂은 조그만 자동인형처럼 같은 말을 되풀이했죠. 아니에요, 아빠. 다 괜찮아요. 맹세한다니까요. 다 괜찮아요.

내가 확실히 알게 된 유일한 사실은 브레아 가의 집에 더 머물 수 없다는 것이었다. 텅 비고 죽어버린 방들. 채워지기를 기다리는 좋은 비움이 아니라, 어지럽고 더러운 비워짐. 그 방들은 이제 청소기가 돌아가지 않았고, 아무 것도 건드려지지 않았다. 환기를 시키지도, 불을 켜지도 않았고, 내 고양이들조차 더 이상 발을 들이지 않았다. 텅 빈 아드리앙의 서재. 서둘렀지만, 생각을 많이 하고 떠난 흔적이 있는 빈 공간. 그는 새벽에 작은 짐 가방만 들고 떠났다. 그가 도망친 빈 공간. 텅 빈 책상과 책장. 그가 떠나고 며칠 뒤 어느 저녁, 폭풍우에 열린 덧창을 닫으려고 갔다가 모든 것이 비어버린 공간과 마주쳤고, 보고 나니 울컥 구역질이 났다.

봉투 하나, 쓰레기통에서 빠져나온 사진 조각들, 그의 얼굴, 내 손, 빗속에 입은 카나리아색 방수복의 실루엣. 베니스였던 것 같다. 호텔에서 빌려준 너무 큰 방수복에 폭 싸인 내 사진을 보고 그는 눈물을 흘릴 정도로 감동했었다. 그가 내 사진을 찍었는지는 기억나지 않았지만, 나는 그의 팔에 안겨 "자기가 찍은 사진 중에 가장 예쁘게 나온 사진이야"라고 중얼거렸었다. 그런데 그는 떠나면서 그 사진을 잊어버리기로 작심했던 모양이다. 사진이 그의 책상에, 찢긴 채로 놓여있었으니까.

도굴당한 무덤 같은 빈 방에는 책 커버와 구두끈, 아령 하나, 스카프, 방한화 한 짝, 솔빗도 있었다. 텅 빈 내 머리와 내 배를 닮은 빈 공간, 결코 채워지지 않을 빈 공간, 새로운 가구와 새로운 물건과 새로운 감정이 들어가는 것에 저항할 것 같은 빈 공간. 이 빈 공간은 블랙홀처럼 모든 것을 빨아들였다. 은하계 사이에 위치한 빈 공간, 두터운 빈 공간, 잔인한 빈 공간. 나는 떠나야 했고, 내게 묻은 더러운 것들을 황급히 털어내야 했다. 그래서 얻은 곳이 보나파르트 가의 아파트였다. 바로 그 이유 때문이라고 생각했다. 내가 그 아파트를 보러 갔을 때, 그리고 그 집을 얻기로 결정했을 때, 나는 됐어, 이게 내 취향이야, 내가 꿈꾸던 곳이야, 멋진 새 삶을 위한 멋진 둥지야, 라는 생각은 하지 않았다. 나는 그렇게 생각하는 사람들이 싫다. 정착할 수 있는 완벽한 장소를 찾으며 인생을 보내는 사람들이 나는 끔찍하다. 마음에 맞는 장소를 발견하고 나면 모든 것이 끝날 테니까. 그러면 늙어 죽는 일밖에 남지 않을 테니까. 아니야. 나는 그곳이 그저 좋은 아파트라고 생각했을 뿐이다. 더러운 것들을 걸러내는 좋은 체가 되어 줄 테니까.

8

특별한 취향이 없기 때문에 나는 딱히 싫어하는 것도 없다. 어떤 것이 유행하고 어떤 것이 촌스러운지 알고, 패션을 알고 코드를 알지만, 나의 취향은 들쑥날쑥하다. 지금 내 집은 넓고 비어있다. 아무 것도 없다. 그래서 나는 기다린다. 취향이 생기기를, 아니, 다시 새로운 취향이 생겨나기를, 나는 기다린다. 잃어버린 입맛이 돌아오길 기다리는 것처럼, 혹은 불면증 환자가 잠이 오기를 기다리는 것처럼.

나도 어렸을 땐 분명히 취향이 있었다. 초록색보다는 빨간색을 더 좋아했던 것처럼. 그래, 이제야 기억난다. 나는 초록색이라면 끔찍이 싫어했고, 오렌지색과 초록색이 함께 있는 걸 생각만 해도 토할 것 같았다. 그런데 지금은 눈을 감고 오렌지색과 초록색, 초록색과 오렌지색을 나란히 생각해도 토하고 싶은 기분이 들지 않는다. 싫어하는 것을 잃어버린 것이다. 그래서 나는 기다린다. 관찰한다. 다른 사람의 집에 갈 때마다 눈을 크게 뜨고 살펴본다. 멋있는지, 내 마음에 드는지. 우와, 이것 봐, 마음에 쏙 드는 걸. 나는 억지로 무리한다. 아마 그러면 도움이 될지도 모른다. 아니다. 그 정도로 도움이 되지는 않는다. 내가 보나파르트 가의 아파트에 있은 지 이제 1년이 되었지만, 여전히 나는 내가 뭘 좋아하는 지 알아내지 못했다.

예전엔 쉬웠다. 아드리앙이 좋아하는 걸 좋아했으니까. 그는 하얀색과 검은색을 좋아했고, 다른 색깔은 참을 수 없고 저속하다고 생각했다. 나도 똑같이 따라했다. 정말 쉬웠다. 어느 날인가는 그를 따라하려고 나는 내 책을 모조리 검은색으로 칠한 적도 있다. 그러고 나니 책을 구별하기가 쉽지 않았지만, 세상살이가 원래 쉽지 않으니까, 하고 대수롭지 않게 여겼다. 어쨌든 나는 아드리앙을 사랑했으니까.

집을 정리할 때 엄마한테 도와달라고 했다. 엄마는 취향과 안목이 있다. 어쩌면 내 취향과 같을지도 모른다. 누가 알겠는가. 모든 문제가 해결될지. 어쩌면 아닐 수도 있지만 알 수 없는 일 아닌가? 나는 다른 일들처럼 그저 한 번 지켜보자고 생각했다. 사랑처럼, 원피스처럼, 울면서 억지로 갔지만 결국 좋아하게 된 파티들처럼. 그래서 엄마한테 전화했다. 벽을 부숴야 해, 라고 엄마가 말했다. 문을 없애라, 전부 다. 욕실 문도요? 욕실 문도. 그리고 가장 시급하게 손봐야 할 데는 천장 몰딩이야. 몰딩이 너무 부르주아 냄새가 나서 별로야. 아파트는 진짜 문제가 공간 배치란다. 나는 무슨 말을 듣든 무조건 고개를 끄덕였다. 그런 것이 취향이고, 그런 걸 내 취향이라고 말해야 한다고 생각했기 때문이다. 조립식 취향, 미리 만들어진 취향, 열쇠를 쥔 손, 전부 다 완전히 무지한 내 상태보다는 낫다. 그 사실에 나는 처음으로 약간 당황했다.

엄마는 내게 건축가 겸 인테리어 디자이너라는 남자친구를 소개해 주었다. 적어도 백 살은 먹어 보였고, 전과가 있고 알바니아 출신이었다. 신분증명서는 없었지만, 자기 나라에서는 부르주아 냄새가 나지 않는 인테리어의 대가라고 했다. 그는 무척 만족스러운 얼굴로 연장 하나를 가지고 문을 부수기 시작했다. 엄마 의견에 전적으로 동의하는 듯했고, 내 집 문을 부수면서 무한한 기쁨을 느끼는 것 같았다. 그러고 나서는 잘 부서지지 않는 다른 문을 발길질과 주먹질까지 하며 부쉈다. 저기요, 루소비치 씨. 내가 말해도, 그는 아랑곳하지 않고 계속 쾅

쾅 부쉈다. 저기요, 루소비치 씨, 문을 꼭 그렇게 다 부술 필요까지는 없지 않나요? 쾅쾅. 부순 문짝들을 지하실에 가져다 놓을까 봐요. 제 취향이 바뀔 수도 있을 테니까요. 그는 연장 질을 멈추고 의심스럽다는 눈빛을 내게 던졌다. 그리고 담배꽁초를 땅에 비벼 끄더니 알바니아어로 내게 무어라 이야기했다. 뭐라고요? 내가 되묻자 그는 마치 줄넘기를 하듯 큰 동작을 하며 같은 말을 되풀이했다. 그리고는 손가락으로 나를 위협하듯 가리켰다. 내가 오케이, 오케이라고 말하자 그는 고개를 끄덕이더니 다시 모조리 부수기 시작했다. 다음 날 그는 다시 오지 않았다. 일당을 달라고도 하지 않았고, 아무런 요구도 없이 다시는 그를 볼 수 없었다.

가장 급한 게 몰딩이었다고? 나는 엄마에게 물었다. 내 생각엔, 가장 급한 건 없애는 게 아니라 시트, 커튼, 작은 북, 선풍기, 모기장 같은 것들을 더 가져다 놓는 것 같은데. 하지만 엄마는 내 말에 동의하지 않았다. 몰딩이 먼저야. 그리고 화를 내며 내게 말했다. 그럴 거면 네가 알아서 하렴. 나는 할 수 없지, 내가 알아서 할게, 라고 했다. 그런 뒤로는, 정말로 내가 알아서 했다.

나는 커튼 아니면 블라인드를 사고 싶었다. 내가 어떤 걸 더 좋아하지? 더 좋아하는 게 없어서, 그냥 창틀 위에 시트를 대고 못을 박았다. 이웃들을 보호하기 위해서, 항상 홀딱 벗고 있는 내 모습을 보지 못하게 하기 위해서였다. 엠마우스 공동체의 중고품 가게에서는 커다랗고 투박한 탁자 하나를 찾아냈다. 탁자 하나가 필요했는데, 마침 거기에 탁자가 그것 하나 밖에 없었고, 할머니 집에 있던 것과 비슷하게 생겨서 골랐다. 나는 그 탁자 옆에 높은 스툴 하나를 두고는 내 자리로 정하고, 다른 사람은 아무도 앉지 못하게 할 작정이었다. 내 자리를 정해두는 건 좋은 습관인 것 같았다. 나는 한 번도 사용하지 않은 것 같아 보이는 매트리스도 하나 샀다. 그리고는 내친 김에 다르티*로 가서 감언이설로 꼬드기는 점원의 말을 듣고 있었다. 그는 대가족이나 사용하는 초대형 냉장고를 팔려고 들었다. 물론 언젠가 나도 대가족을 이루면 온갖 것들을 다 챙기며 살 수도 있겠지. 마지막으로 이케아에 갔을 때 거기서 엄청나게 귀여운 남자 점원을 만났다. 어찌나 귀엽던지, 그 앞에 서니 주눅이 들고 당황스러울 정도였다. 나는 그 점원에게 내가 색맹이니 대신 물건을 좀 골라달라고 부탁했다. 그러다 생각을 고쳐먹고는, 마치 내가 정말 원했던 물건이라도 되는 듯 해먹과 공기주입식 지구본, 흔들의자를 재빨리, 한 치의 망설임도 없이 골라잡았다.

---

* Darty, 프랑스의 가전용품 판매점.

너희 집은 '가버나움' 같구나. 물건들을 사고 난 다음 주, 처음으로 내 집에 온 아빠가 내게 말했다. 그 말에 자존심이 상해 아빠가 무슨 말을 하고 싶어 했는지 알아보려고 프랑스어 사전을 찾아보았다. 사전에는 '가버나움'이 여기저기서 긁어모은 뒤죽박죽 잡동사니 창고라고 쓰여 있었다. 좋아. 나는 '뒤죽박죽'이나 '흥청망청', '들쑥날쑥' 처럼 비슷한 두 단어가 붙은 표현이 좋다. 그래서 아빠를 용서해주기로 했다. 아빠와 같이 살던 시절을 떠올리게 하는 낡은 소파를 가져다 준 것에 대해서도 그냥 잠자코 있었다. 어렸을 적 내가 라틴어 과목에서 나쁜 성적을 받거나 수업을 빼먹었을 때 아빠는 그 소파에 기대 누워서 내게 야단을 쳤다. 손에는 만년필을 쥐고, 거기에 누워 내게 물었다. 2학기 성적표 어디 있니? 왜 네 2학기 성적표를 내가 받아보지 못했지? 아빠한테 성적표가 오긴 했는데 내가 중간에 가로챘다. 성적을 고쳐보려고 했지만 고친 게 너무 티가 나서 아빠한테 성적표를 보여주지 않았고, 요즘은 2학기가 없다고 대답해 버렸다. 뭐라고? 도대체 그게 무슨 말도 안 되는 소리냐? 말도 안 되는 소리가 아니라 진짜야. 올해엔 2학기가 없어졌어. 진로 상담 선생님이 시범적으로 결정한 거야. 진로 상담 선생님 성함이 어떻게 되시니? 나도 몰라. 직접 가서 뵐 일이 없어서. 그럼 여쭤 보렴. 선생님이 직접 아빠한테 설명해 주셨으면 한다고 말씀드리고 약속 좀 잡아 줘. 알았어, 아빠. 눈에 눈물이 가득고인 채 나는 서재에서 나왔다. 거짓말을 한 건 아빠를 실망시키지 않기 위해서였다. 내 점수가 정말로 형편없었기 때문이다. 라틴어 평균점수 0.5점, 역사 3점, 수학 2점. 교사 의견란에는 "이 학생은 지나치게 문학을 애호하며, 수업에 오는 수고를 무릅쓴다 하더라도 배움에 대한 거부감 때문에 지성을 발휘할 수 없고, 피폐해질지도 모릅니다."라고 쓰여 있었다. 나는 아빠를 피폐하게 만들고 싶지 않았기 때문에 서재에서 나왔다. 아빠가 소파 위에 만년필을 떨어뜨려서 초록색 잉크 얼룩이 생겼었는데 지금도 여전히 남아있다. 그 얼룩을 보니 내 청소년기가 떠올랐다. 지금에 비하면, 청소년기는 그런대로 괜찮았다.

아빠와 침대 이야기도 했다. 집안 열쇠 꾸러미를 받던 날 아빠가 물었다. 네 침대는 어디 있니? 예전에는 침대 있었잖아? 줘 버렸어. 줬어? 왜? 누구한테? 가사도우미 아주머니한테. 부부 침대였거든. 나머지 물건도 다 줘버렸어. 전부 부부용 물건들이라서. 내 나이였을 때 아빠도 그렇게 했잖아. 내가 태어난 몽주 가의 아파트만 해도 그래. 10분 만에 아파트 1층에 있던 부동산에다 팔아버렸잖아. 엄마랑 겨울 스포츠 즐기러 가는 데 필요한 것들을 사려고 말이야. 아니다. 나는 아빠한테 감히 말하지 못했다. 그저 생각만 했을 뿐이다. 하지만 침대 가지고 나한테 잔소리를 하다니 아빠는 얼마나 뻔뻔스러운지. 아니다. 그것도 사실이 아니다. 아빠는 잔소리를 하지 않았고, 나도 이제 잔소리 들을 나이는 아니다. 아마도 아빠는 이제 그래봐야 소용없다고, 나를 바꿀 수 없을 거라고 생각할 것이다. 너무 늦었다. 나쁜 버릇은 이미 들여졌다. 처음 내가 그 사실을 알아차렸을 때는 약간 마음이 아팠다. 예전엔 아빠가 잔소리를 한 다음 나를 위로해 주었기 때문이다. 위로 받는 건 참 좋은 일이었다. 어린 시절이었다. 아이들은 선택하지 않는다. 어른들이 아이들을 위해 선택을 해 준다. 아이들은 애인한테 차이지 않고, 배신당하지 않고, 버림받지 않는다. 그저 야단만 맞는다.

엄마는 네 살 때 나를 떠났어도, 나를 트위큰햄*에 데리고 가 주었다. 아빠가 그곳에서 만나자고 했기 때문이다. 나는 커다란 밤색 짐 가방에 어린이용 퍼펙토 가죽재킷, 비행기에 혼자 탄 어린이들에게 주는 플라스틱 주머니를 가지고 갔다. 그 플라스틱 주머니를 나는 한 시도 몸에서 떼어놓지 않았고, 심지어는 잘 때도 가지고 있었다. 엄마가 나를 떠난 것과 아드리앙이 날 떠난 것엔 엄

* Twickenham, 영국 미들색스 주에 있는 도시. 영국에서 가장 큰 럭비경기장과 영화촬영 스튜디오가 있다.

청난 차이가 있다. 엄마는 다른 남자가 있어서 나를 떠난 게 아니었다. 나보다 다른 아이가 더 좋아서 떠난 것도 아니었다. 나한테 좋으라고, 내 행복을 위해서, 언젠가는 다시 돌아올 것이기 때문에 나를 떠났다. 아드리앙은 다른 여자 때문에 나를 떠났고, 다시는 돌아오지 않을 것이다. 어른이 된다는 건 그런 것이다. 어른이 된다는 건, 대체 가능한 존재가 되는 것이다.

9

파블로. 나는 그를 배에서 만났다. 이건 함정이야. 젊은 남자 하나가 불쑥 내게 다가왔을 때 나는 그렇게 생각했다. 아직 파블로를 만나기 전이었고, 이 낯선 남자가 나는 마음에 들었다. 그가 내게 말했다. 배에서 파티가 있으니 같이 가요. 나한테 고무보트가 있으니 데려다 줄게요. 점점 다가오는 고무보트를 보면서 나는 생각했다. 어떻게 도망치지? 바다 한가운데에 갇히면 어떻게 도망을 칠 수 있을까? 나는 겁에 질렸다. 나는 거침없고 자기 확신에 가득 찬 사람으로 보이고 싶었다. 어릴 적 내가 부러워했던 행복하고 예쁜 아이들처럼 보이고 싶었던 것이다. 그 아이들은 걱정 따윈 없었고 친구들이 많았다. 생일날이면 그 아이들의 엄마들은 반 친구들을 모두 초

대해서 파티를 열어주었다. 잔뜩 쌓인 장난감들, 케이크, 풍선, 결혼식 날 찍은 부모의 사진액자들. 거실에는 소파며 낮은 탁자, 실내장식품, 그림들이 모두 제자리에 놓여 있었다. 내 어린 시절은 그렇지 못했다. 아이들이 자라는 데 필요한 사랑과 온기를 받긴 했지만, 나는 사촌들도 없었고 거침없이 사람을 대하지도 못했다.

배에서 만난 사람들은 친절했다. 자기소개와 인사가 이어졌지만 부끄러워서 미리 렌즈를 빼놓고 갔기 때문에 내 눈엔 구릿빛과 하얀색 줄무늬의 흐릿한 실루엣, 하얀 이와 웃는 모습, 하늘색과 눈이 아린 하얀색만 보였다. 점심식사 시간이라 모두 한 식탁에 둘러앉았다. 나는 그들과 그렇게 가까이 앉는 게 너무 신경이 쓰였다. 그렇게 물과 하늘 사이에 붙잡혀서, 그리고 사람들 틈에 갇혀서 밥을 먹고, 뭔가 이야기를 하고, 대답을 하고, 얼굴을 붉히고, 귓불을 잡아당기며 붉어진 얼굴을 애써 가라앉히려 하고, 손과 다리와 머리카락을 어찌해야 할지 몰라 쩔쩔매는 게 너무나 싫었다. 그래서 나는 고맙지만 배가 고프지 않네요, 라고 말하고는 뒤쪽에 있는 매트리스에 혼자 남아서 담배를 피웠다.

순전히 제목 때문에 《나는 고양이로소이다》라는 책을 집어 들었지만 도무지 읽을 수가 없었고, 그렇게 안절부절 못하며 책을 읽으려는 나 자신이 우습게 느껴졌다. 뭘 겁내는 거야. 그래, 그 남자가 마음에 들었다. 파블로를 만나기 전 그 남자, 고무보트를 가지고 나를 데리러 왔던 그 남자. 하지만 안절부절 못할 정도로 마음에 든 건 아니었다. 사람들이 웃는 소리를 들었다. 그들은 배가 고프지 않다며 식탁에 앉으려고 조차 하지 않는 여자 손님을 이상하다고 생각할 것이다. 청바지를 벗고 싶었지만 깜박 잊고 수영복을 입고 오지 않았다. 바보같이 느껴져서 혼자 웃었다. 마침 그때 사람들도 웃었다. 그들은 위에, 나는 아래에 있었다. 잘 됐다. 처음으로 그들과 거의 동시에 함께 웃었다는 생각에 마음이 편안해졌다.

식사를 마친 후 사람들이 뒤쪽으로 와서 각자 자리를 잡았다. 사람들이 어디에서나 즉시 자기 자리를 찾는 걸 보면 늘 할 말을 잃는다. 마치 그 자리가 그들만을 기다리고 있었다는 듯, 지극히 당연한 일이라는 듯 말이다. 나는 내 자리가 어디인지 도무지 알 수 없었다. 운 좋게 뒤쪽 갑판에 깔린 큰 매트리스에 자리를 잡는 데 성공했다. 다행히 아무도 앉지 않았기에 가능한 일이었다. 내 주위로 사람들이 자리를 잡고 앉았다. 누군가 CD를 틀었고, "나는 길 잃은 아기 코끼리이이"하는 가사가 흘러나왔다. 다리가 무척 긴 키 큰 젊은 여자가 내게 파란색 수영복을 빌려주었다. 그녀에게 공항에서 가방을 잃어버려서 어쩌고저쩌고 하는 이야기를 다 털어놓을 뻔했지만, 그녀는 내 사정에는 별로 관심이 없는 것 같았다. 바람과 태양, 물, 마음에 드는 남자가 있었다. 나는 기분이 꽤 좋아져서 주위의 모든 사람들에게, 허공에까지 미소를 보냈다. 나는 상냥한 여자예요, 라는 뜻을 담은 작은 미소를. 나는 이제 그렇게 무섭지 않았다. 내 걱정은 마세요. 나는 누군가의 약혼자를 빼앗진 않을 거예요.

사람들의 목소리가 내 귀에 들리기까지 시간이 걸렸다. 아마 바람 때문이었든지, 아니면 내가 근시여서 그랬는지도 모른다. 나는 눈이 안 보이면 잘 못 듣는다. 들리기는 하지만 무슨 소리인지 구분하지 못한다. 목소리들이 서로 뒤섞였고, 나는 조용히 신경안정제 몇 개를 삼켰다. 뒤섞인 목소리는 웅웅거리는 소리로 바뀌더니, 어느새 동요가 되었다. 아침에 이를 닦을 때마다 할머니가 들려주던 부드럽고 즐거운 노래였다. 물 만세, 물 만세, 우리를 씻겨주고 예쁘게 만들어주네. 나는 행복하게 웃으면서 한 팔을 얼굴에 댄 채 잠에 빠져들었다. 더는 도망치고 싶지 않았다.

일어나 보니 주위 사람들이 모두 아기처럼 무방비 상태로 잠들어 있었다. 낮잠 파티 아니면 커다란 아기 놀이방 같았다. 나는 그늘과 아스피린을 찾아서 아래로 내려갔다. 그리고 마침내 렌즈를 눈에 넣었다. 선실 안에는 내가 마음에 들어 하던 남자가 잠들어 있었다. 마음이 약간 움직이는 걸 느꼈지만, 나는 그를 결코 사랑하지 않을 거란 걸, 내 속이 텅 비어버려 앞으로 그 누구도 아드리앙을 사랑했던 것만큼 사랑하진 못할 거란 걸 알고 있었다. 비유하자면, 그 남자는 좋아하는 과일이나 노래 정도로 마음에 들었고, 나 역시 비슷하게 그의 마음에 들었을 것이라고 생각했다. 사실 그는 자고 있지 않았다. 눈을 뜨고 나를 뚫어져라 쳐다보다가 일어나서 뭔가를 말했다. 무슨 말인지 알아듣지 못해서, 뭐라고요? 라고 물었다. 그는 다시 말했지만, 여전히 무슨 말인지 이해가 되지 않았다. 하지만 다시 물어볼 엄두가 나지 않아 좁은 욕실 안으로 들어갔다. 그때 갑자기 그의 두 팔이 나를 감싸는 것이 느껴졌다. 그는 내 머리를 자기 쪽으로 돌리더니 내게 키스했다. 마치 해야 할 일이 키스밖에 없다는 듯, 아주 당연하다는 듯. 나는 뒤돌아서서 손을 그의 관자놀이에 댔다. 맥박이 세차게 뛰는 걸 느끼면서 나도 그에게 키스했다. 그에게서 짠맛이 났다. 그렇게 짠맛이 나는 사람에게 키스한 건 처음이었다. 키스를 하면서도 나는 우습게도 브린디시에서 느꼈던 아드리앙의 피부를 떠올렸다. 날씨가 너무 더워 우리는 저녁이 되기 전에는 호텔 밖으로 한 발자국도 나가지 않았고, 덧문을 닫아걸고 얼굴을 맞댄 채 선풍기 아래에 늘어져 있었다. 그는 팔을 활짝 열고 내게 이리 와, 이리 와 라고 말했다. 나는 행복했다. 그에게서도 짠맛이 났다. 바다 소금의 짠맛이 아니라, 아직 애티가 풍기는 피부에 맺힌 땀에서 나는 짠맛이었다. 우리는 스무 살도 채 되지 않았었다. 서로 사랑했지만, 그것이 무엇을 뜻하는지 몰랐다. 사랑해서 고통스러울 것이라는 걸, 울게 될 것이라는 걸, 서로 싸우고 아픔을 줄 것이라는 걸, 죽고 싶어질 거라는 걸 알지 못했다. 이미 사랑에 실패한 다른 사람들을 보았지만, 우리는 그들이 아니라고 생각했다. 우리는 스스로를 기적이라고 생각했다. 아리안과 솔랄*이 실패한 사랑을 우리는 성공시킬 것이라고 생각했다. 순간을 살았고, 질문을 하지 않았고, 사랑이 심장을 쥐어뜯는 추억이 되는 날이 올 거란 걸 알지 못했다.

나는 아드리앙 생각을 지우고 다시 짠 맛이 나는 남자에게 게걸스럽게 키스했다. 그의 수염, 입, 코, 머리카락, 얼굴 전체에 입을 맞추었다. 기분이 좋았다. 만족스러웠다. 그때 내게 수영복을 빌려준 여자가 욕실 안으로 들어왔다. 그녀는 기분이 전혀 좋지 않아 보였다. 먼저 그를, 그 다음엔 나를, 그리고 다시 그를 아무 말 없이 쳐다보다가 나가버렸다. 그녀는 아름다웠다. 얼굴이 어딘지 흐릿한 구석이 있었지만 아마 내가 렌즈를 끼지 않아서 그

* 알베르 코엔의 《영주의 연인(La belle du seigneur)》에 나오는 남녀 주인공.

렇게 보였을 것이다. 남자의 눈빛에는 아무런 변화가 없었다. 어쩌면 잠깐 피곤한 표정을 지었는지도. 저 여자 뭐예요? 내 물음에 그는 놀란 태도를 취하며 대답 대신 얼굴을 내 얼굴에 가져다댔다. 안 돼. 이제 당신이랑 키스하지 않을 거야. 나랑 키스 안 한다고? 그래. 나는 욕실에서 나와 여자에게 갔다. 그녀는 팔로 긴 다리를 감싼 채 쿠션을 깔고 앉아 있었다. 마치 목으로 다리를 붙잡으려고 했는데 실패한 것 같은 모습이었다. 언뜻 봐도 운 것 같았다. 그녀는 내 가슴 쪽을 쏘아보았다. 그녀는 가슴을 가린 수영복을 쏘아보았고, 나는 마치 몸을 파는 여자로 등장한 듯한 기분이 들었다. 그녀에게 나는 몰랐다고 말하고 싶었다. 걱정 말아요. 그냥 키스였을 뿐이에요. 키스는 아무 것도 아니잖아요. 하지만 나는 그녀에게 거짓말 할 힘이 없었다. 지금껏 살면서 내가 몇 명의 남자와 키스를 했던가? 다섯 명. 그래, 다섯 명이었다. 이제 여섯 명이 되었다. 키스가 아무 것도 아니란 말은 사실이 아니다. 그래서 아무 말도 하지 않았다. 피로감이 나를 짓눌렀고, 가슴이 아프고 용기가 나지 않아 아무 말도 할 수 없었다. 담배 있어요? 그녀가 내게 물었다. 위에 있어요, 가요. 나는 대답했다. 그리고 우리는 함께 갑판으로 올라갔다.

낮잠 시간이 끝났다. 사람들은 모두 이상한 노래에 맞춰 춤을 추고 있었다. 내가 듣기엔 도저히 춤을 출 수 없을 것 같은 리듬이었다. 브뤼셀이 어쩌고 하는 가사였는데, 어찌된 일인지 나도 몸이 흔들렸다. 배가 흔들려서 그랬는지는 몰라도, 아무튼 모두 박자를 무시하고 춤을 추었다. 서로 건드리지도 않고 이야기를 나누지도 않았지만, 함께 있는 모습이 가족 같기도 하고 친구 같기도 했다. 더 이상 내게 없어서, 생각할 때마다 그리운 모든 것 같았다. 다행이라면 늘 그 생각만 하는 건 아니라는 사실이겠지. 아마도 생각을 하지 않게 된지 2년은 된 것 같다. 그러다 오랜 만에, 사람들 틈에서 생각이 난 것이다. 사람들은 춤을 썩 잘 추지 못했다. 박자를 잘 맞추지도 못했지만, 하나같이 어긋난 박자로 춤을 추고 있었다. 그들을 바라보았다. 아니, 눈이 마주칠까 봐 그들의 다리를 바라보았다. 그들 중 하나가 나와 눈을 맞추고 이리 와요, 왜 오지 않는 거죠, 라고 말하지 않도록 하기 위해서였다. 그러면 나는 또 고맙지만 괜찮아요, 피곤해요, 라고 대답했을 것이다. 고맙지만 괜찮아요, 배가 고프지 않아요, 라고 했던 것처럼.

웃음기를 거두고, 나는 언제 돌아갈까 궁리했다. 호텔 방에서 혼자, 오로지 나를 위해서 춤을 추고 싶다는 생각을 했다. 그러면 어느 날 사라져버린 욕구들이 한꺼번에 되살아날 것 같다는 생각이 순간 들었다. 그러기 위해선 다른 음악, 내 마음에 드는 음악을 틀어야하겠지. 그런데 내 마음에 드는 게 뭐지. 내가 좋아하는 음악이 뭘까. 내 시디는 아드리앙의 것이었고, 나는 그걸 모조리 두 동강 냈다. 시디가 딱딱해서 힘들었지만, 프린스, 롤링스톤즈, 캣 스티븐스, 레드 핫 칠리 페퍼스, 우리가 마리화나를 피울 때 틀어놓던 시디들을 조용히, 체계적으로 부서뜨렸다. 그는 아침에 팔굽혀펴기를 할 때마다 〈록키〉의 주제가를 틀었었다. 록키보다 난 잔 모로가 더 좋아. 잔 모로 음악을 틀어놓고 춤출까? 아드리앙은 내가 옷을 다 벗고 거울 앞에 서면 귀까지 다 빨개진다고 했었다. 이제 혼자서 춤을 추면 무엇이 바뀔까? 혼자건 사람들 속에 있건, 나는 내 속에서 바뀌는 무엇인가를 다시 느낄 수 있을까?

그림자가 길어지고, 그래도 여전히 모두 춤을 추고 있었다. 나는 온몸을 사방으로 뒤틀며 일어나지 않고 청바지를 다시 입으려고 안간힘을 썼다. 그러면서 나는 할머니가 억지로 나를 밖으로 내보낸 게 얼마나 잘한 일인지 생각했다. 자, 어서 가서 춤도 추고 재미있게 놀다 와. 나는 눈물을 꾹 참고 용기를 내서 밖으로 나갔다. 할머니의 기대처럼, 나중에는 물론 기분이 좋아졌다. 그런 생각을 하고 있을 때, 배가 몹시 나온 남자가 내 옆에 다가와 앉았다. 구불구불한 털이 마치 망토처럼 수북이 나 있었다. 무척 적의에 찬 눈빛으로 나를 쏘아봐서 하마터면 사람들이 다 있는 데서 눈물을 펑펑 쏟을 뻔 했다. 바다 한 가운데에 꼼짝 않고 있는 배에서 뉘엿뉘엿 지는 해를 앞에 두고서 말이다. 그는 내게 말했다. 왜 당신은 사람들 눈을 똑바로 보지 않는 거지? 그들을 보면 눈이 너무 따가워요. 그다지 섹시하지 않은 눈물 한 방울이 내 코끝에 매달려서 손바닥으로 닦아냈다. 나를 쏘아보는 이 남자가 원하는 게 뭐지? 얼굴이 빨갛게 달아올랐고, 기침이 나고 땀이 흘렀다. 저리 가요, 썩 꺼져버려요, 라고 속으로 되뇌었지만, 그는 가지 않고 나를 흘겨보며 크리넥스 티슈 한 장을 내밀었다. 렌즈 때문이에요. 나는 눈 속에 렌즈를 똑바로 고정시키려고 애쓰며 그에게 말했다. 하지만 그렇게 말하고 나니 눈물이 더 많이 나왔다. 응? 뭐라고? 렌즈요, 내 콘택트렌즈 때문이라고요. 그는 내 말을 알아들었지만 여전히 나를 쏘아보았다. 그는 분명히 콘택트렌즈 때문에 내가 사람들을 똑바로 보지 못한다는 말을 알아들었을 것이다. 정작 울고 싶은 건 내 인생 때문이라는 사실은 눈치 채지 못했다 하더라도. 그 순간 그가 나를 안았다. 아버지뻘은 되어 보였으므로 나를 안고 도닥여주어도 가만히 몸을 웅크리고 있었다. 그가 말했다. 겁 낼 필요 없어. 아무도 당신한테 해코지하지 않아.

사람들 눈을 똑바로 봐야 해. 아이 콘택트(eye contact), 알겠어? 아이 콘택트를 하란 말이야. 그는 내 팔을 만지기 시작했고 나는 웅크린 채 그대로 있었다. 그는 내 목덜미를, 배를 계속 만지면서 자극했다. 그만 해요. 내가 말했지만, 그는 계속해서 내 등을 어루만졌다. 그만 해요. 가슴을 만졌다. 쉿, 쉿, 아이 콘택트를 하라고. 나는 온 힘을 다해 그를 밀쳤고, 남자는 둔탁한 소리를 내며 난간에 부딪쳤다. 그때 파블로가 왔다. 오랜 시간 내 옆에 머물러 있게 될 남자. 무슨 일이에요, 무슨 일이에요? 그가 내게 물었다.

파블로가 말을 걸었지만, 나는 듣지 못하고 있었다. 나는 여전히 털을 망토처럼 두른 그 남자를 생각했고, 그런 다음 파블로의 굳게 다문 입과 꼬리가 내려간 입술, 크게 뜬 눈을 흘끗 바라보았다. 밝고 투명한 푸른색의 눈동자가 지적이고 소중한 것들을 찾는 사람 같다고 생각했다. 이상하게도, 그를 보니 그렇게 겁이 나지 않았다. 굳이 설명하지 않아도 친절하다는 걸 느끼게 해주는 인상. 저 남자가 당신한테 무슨 짓을 하려고 했나요? 아무 짓도 안 했어요. 모르겠어요. 아무 짓도 안 했어요. 나는 그의 눈을 보지 않으려고, 얼굴을 붉히지 않으려고, 그의 눈썹을 보면서 중얼거렸다. 그는 말하고 또 말했지만, 나는 그도 내게 키스하면 어떻게 하나 하는 생각을 했다. 하지만 열심히 말을 하고 있는 그를 보면서, 그때부터 나는 위험에서 벗어났다는 느낌을 갖기 시작했다. 태양을 정면으로 보면서도 그는 눈을 거의 깜박이지 않았다. 무슨 말을 했는지는 기억나지 않지만, 그는 무척 열변을 토했다. 나는 파리로 돌아가서 사귀던 남자친구를 차버리겠다는 생각을 했다.

어쩌면 마음속으로는 혼자인 것을 더 좋아했는지도 모른다. 하지만 내가 아는 건, 나는 혼자였던 적이 한 번도 없었다는 것이다. 아드리앙과 사귄 이후로 나는 혼자 잔 적이 한 번도 없었고, 내 옆에는 언제나 누군가가 있었다. 아드리앙이 떠난 후, 나는 다섯 남자와 키스를 하고 세 명의 애인을 사귀었다. 나는 그들이 나를 선택하도록 했고, 내게 오도록 했다. 그들을 마음에 두려고 노력했고, 가끔은 그들이 좋다고 믿으려고 했다. 그러나 거기까지였다. 나는 아무 것도 기다리지 않았고, 아무 것도 기대하지 않았고, 아무 것도 결정하지 않았다. 그러다 보면 다음 애인이 전 애인을 밀어냈다. 그들은 마치 내가 보러 다닌 아파트들처럼 좋지도 싫지도 않았다. 이 사람이 다른 사람보다 나은 이유가 뭘까. 그냥 두고 본다. 어쩌면 혼자가 더 낫지 않을까? 그렇다. 침대에서 활개 치며 잘 수도 있고, 같은 노래를 연달아 백 번 들을 수도 있다. 하지만 포옹도 없고 애무도 없으니, 혼자가 나을 리 없다. 외로움은 끔찍하다. 커다란 침대에 누워 팔을 뻗어도 옆에 아무도 없다? 나를 화나게 하는 사람도, 밥맛 떨어지게 하는 사람도, 아무도 없다? 그래, 혼자가 나을 리 없다. 나는 나를 돌봐줄 사람이 필요하다. 나를 사랑해주고, 밥맛 떨어지게 하고, 화나게 하고, 웃게 하고, 나를 조용히 내버려 둘 사람이 필요하다.

나는 파블로가 말하는 데 끼어들었다. 그는 일어서서 두 팔을 크게 휘두르며 누군가를 흉내 내던 중이었다. 당신 이름이 뭐야? 그는 행동을 멈추고 내 옆에 있는 난간 위에 앉았다. 파블로. 당신은? 루이즈. 그는 미소 지었고, 나는 그 미소가 정말로 좋았다. 뾰족한 송곳니와 길고 하얀 앞니가 마음에 쏙 들었다. 그에게 말하고 싶었지만, 이상하다고 생각할 것 같았다. 정말 그랬다. 그로부터 6개월 후, 내가 그에게서 제일 좋아하는 건 이라고 이야기했더니 그는 나와 헤어지려고까지 했다. 그는 침을 삼키고 좌우를 두리번거리더니 머리를 내 쪽으로 가까이 들이밀었다. 아니, 아니. 키스하지 않을 거야. 하지만 당신이 방금 미소 짓지 않았나? 그래, 그래도 키스하긴 싫어. 아, 그렇군. 그는 다시 한 번 좌우를 두리번거렸다. 그리고 여전히 눈 한 번 찡그리지 않고 태양을 똑바로 쳐다보았다. 아드리앙은 그럴 때마다 재채기를 했는데, 파블로는 그저 어깨만 으쓱할 뿐이었다. 그때 배가 멈췄다. 모두 기지개를 켜고, 하품을 하고, 신발을 찾느라 법석을 떨었다. 누가 내 랩스커트 못 봤어? 내 브래지어 어디 갔지? 우리는 여전히 난간에 앉아 다리를 까딱거리며 서로를 바라보았다. 그는 정말 내 마음에 들었다. 하얀 이만 마음에 드는 게 아니라, 그의 눈 깊은 곳에 뭔가가 있었다. 흥분과 현기증을 불러일으키는 능력, 열정, 충동, 뭔가 어린아이 같은 순수함. 내가 끔찍이 싫어하는 아이 같은 어른의 유치함이 아니라, 활발하고 직선적이며, 명확하고 생기 넘치는 어린아이 같은 면이 있었다. 주위에선 사람들이 여전히 분주하게 움직였고, 파블로는 이제 더 이상 웃지 않았다. 뻣뻣한 콧수염이 난 남자 하나가 그에게 다가와서 어깨를 두드렸고, 그의 귀에 대고 웃으며 야옹이, 야옹이라고 했다. 내 책을 갑판 위에 던져놓고 왔는데 아마 그가 그걸 본 모양이었다. 파블로가 그 남자를 쏘아보자 남자는 가버렸지만, 가면서도 여전히 낄낄대며 웃고 있었다. 나는 얼굴이 화끈거렸다.

당신 햇볕을 너무 쬐었네. 그가 내게 말했다.

그래.

오늘 우리 같이 있자.

모르겠어.

인디오 말로에 가서 저녁 먹고 춤추자. 그 다음엔 파

티가 있을 거고, 그 다음엔…….

그 다음엔 당신이 날 데려다 줄 거지?

아니, 당신은 집에서 자. 큰 집이라 방이 많아.

아니야, 당신이 날 데려다 줘.

파티가 늦게까지 계속될 텐데. 어쩌면 밤을 샐 지도 몰라. 그러면 나는 운전을 할 수 있는 상태가 아닐 테고, 섬 반대편까지 당신을 스쿠터로 데려다 줄 수도 없어. 돼지처럼 취해있을 테니까.

돼지처럼?

돼지처럼.

(돼지들도 취하도록 무리해서 마시나?)

누군가 외쳤다. 고무보트에 탈 사람들 어서 타요!

우리는 신발을 손에 들고 보트에 올랐다. 다리가 긴 여자와 이제는 정이 떨어진 남자가 먼저 손을 잡고 탔다. 마음에 점점 드는 파블로. 나도 그와 함께 보트에 올랐다. 사람들이 많아서 우리는 짐짝처럼 꼭 붙어 있어야 했다. 얼굴이 뾰족하고 두 눈이 관자놀이 쪽으로 찢어진데다 조숙한 어린아이처럼 영악한 분위기의 젊은 여자가 내 무릎 위에 앉았다. 누군가 머리에 비치타월을 쓰고 멧새고기를 먹는 미테랑 전 대통령을 흉내 냈다. 옷을 홀딱 벗은 남자도 있었지만, 사람들은 시큰둥하게 반응했다. 고무보트가 모래사장으로 가까이 다가갔을 때, 우리는 기다렸다는 듯이 달려드는 모기떼의 습격을 받았다. 나는 더 이상 겉돌지 않았다. 다른 사람들과 같은 곤경에 빠졌고, 그들과 함께 웃고, 그들과 함께 모기한테 물렸다. 파블로는 내 팔을 잡고 얼른 안전한 곳을 찾아갔다. 그와 함께 가니 더 빨리 뛸 수 있음을 나는 알아차렸다. 그런 다음 우리는 키스했다. 처음으로 아드리앙도, 그 누구도 생각나지 않았다. 오로지 좋다는 생각만 들었다. 그리고 우리는 웃었다. 그가 말했던 큰 집으로 가서 우리는 모기장 안에서 뒤엉켰다. 그 바람에 모기장이 벗겨져서 떨어졌고, 그 속에서 빠져나오려고 모기장을 찢으면서도 우리는 여전히 키스를 했고, 더욱 뒤엉켰다.

10

나는 파블로보다 이틀 일찍 파리로 돌아왔다. 그가 보고 싶지 않았다. 아니 생각조차 하지 않았다. 파블로라는 남자가 아예 존재하지 않았던 것처럼. 그의 하얀 이도, 미소도, 재채기도 하지 않고 태양을 정면으로 바라보던 눈도, 모기장도, 모두가 존재하지 않았던 것처럼 생각이 나지 않았다. 조금만 흔들어도 모조리 사라지는, 비우고 나면 내용물이 무엇이었는지 아무 것도 기억 못하는 빈 상자. 언제부턴가 나는 내가 처한 그런 이상한 상태에 매우 익숙해졌고, 지금도 가끔 그렇게 멍한 상태다. 루이즈 내 말 듣고 있어? 응, 들어. 아니 사실은 안 듣고 있어. 바깥의 소음도, 안의 소음도 다 안 들려. 나는 신경안정제인 자낙스를 사탕처럼 집어삼킨다. 마술이라도 부린 듯 마음이 가라앉고, 침묵과 포근함만이 남는다. 뱃속에 추 하나가 들어있는 것 같다. 가벼운 추지만, 그것이 흔들리지 않게 나는 꼼짝 않고 아무 것도 하지 않고 싶어진다. 파블로가 보고 싶지 않았다. 그의 이도 그의 미소도, 그의 눈도, 그래, 까맣게 잊어버린 것처럼 전혀 보고 싶지 않았다. 포르만테라 섬은 어땠어, 루이즈? 그럭저럭 괜찮았어. 날씨는 좋았니? 응, 무척 좋았어. CD를 바르바라* 꺼 하나만 가지고 갔어. 잘 된 거지. 바르바라를 들어도 그가 전혀 보고 싶으니.

파블로가 전화했을 때, 나는 그리 놀라지도 않았다. 닥치는 대로 사귀던 남자친구들 중 하나랑 데이트를 하던 때였다. 때에 따라 달랐지만, 이 남자친구는 마음에 들지도 안 들지도 않았다. 대체로 나는 그에게 못되게 굴었다. 이름은 가브리엘. 그가 다정하게 대할 때(자주 그랬다), 나는 그에게 말했다. 당신, 꽤 좋지만 사랑하진 않아. 기대 따윈 하지 마. 나한테 아무 것도 얻으려 하지도 말고. 언젠간 괜찮아 질 수도 있겠지만, 그래도 내가 사랑하게 될 사람은 당신이 아니야. 눈가에 눈물이 맺힌 채 그는 내게 대답했다. 나는 그 눈물이 부럽고도 역겨웠다. 괜찮아. 내가 당신을 사랑하니까. 당신이 사랑을 받는다는 게 중요해. 그건 내가 당신한테 주는 선물이야. 나는

---

* 바르바라 카를로티.

아무런 대가도 바라지 않아. 그래? 라고 묻지도 않았다. 나는 아무 말도 하지 않았다. 어쩌면 그가 옳을지도 몰랐지만, 무시해 버렸다. 수시로 나는 그를 떠나려고 했다. 하지만 뭐 하러? 이 사람과 똑같을 다른 사람과 사귀려고? 가브리엘 대신 나쁜 남자를 만날 수도 있었다. 그건 내가 10대였을 때 엄마의 가장 큰 걱정거리였다. 아직 아무도 만나지 않았을 때였고, 절벽 가슴에 안경을 끼고 앞머리를 내리고 다녔지만 엄마는 내가 나쁜 남자를 만날 지도 모른다고 생각했다. 하지만 어쩌면 엄마는 마음속으로 바랐는지도 모른다. 불쌍한 루이즈, 나쁜 남자라도 없는 것보다는 낫잖아? 라고 생각했는지도 모른다.

파블로를 만나기 얼마 전, 어느 날 저녁 나는 정말 나쁜 남자를 마주쳤다. 뚱뚱하지만 행동이 빠른 남자였고, 슈퍼마켓에서부터 나를 500미터나 뒤따라왔다. 나는 심리치료를 받고 나오던 중이었다. 두 번째였지만, 다시는 가지 않을 거라 생각하고 있었다. 심리치료사는 내게 그럴듯한 아주 상투적인 몇 가지 이야기를 했다. 환자분이 화가 난 이유는(나는 무척 화가 나 있었다), 환자분 어머니가 아버지와 잤기 때문이에요. 나는 그 말이 너무도 폭력적으로 느껴져서 도망치던 참이었다. 그런데 설상가상으로 웬 남자가 나를 뒤따라오는 것이다. 나는 길 한복판에서 발걸음을 멈추고 말했다. 뭐예요? 무슨 일이에요? 그 남자는 통통하고 수줍음이 많은 아가씨처럼 애교 있는 말투로 말했다. 저기, 차 한 잔 함께하고 싶어서요. 여전히 신경은 날카로웠지만 마음이 약간 누그러졌다. 기분이 좋아지고, 안심이 되기까지 했다. 길에서 남자한테 차 마시자는 이야기까지 듣다니. 상황이 많이 바뀌었다고 나는 생각했다. 나는 이제 남자들이 눈길조차 주지 않는 허약하고 시들시들한 여자아이가 아니었던 모양이다. 아뇨, 괜찮아요. 고맙지만 제가 커피를 좋아하지 않아서요. 그러자 그는 돌변했다. 수줍은 모습은 온 데 간 데 없어졌다. 고맙지만 뭐가 어쩌고 어째, 이 더러운 년아? 그 따위 소리는 듣고 싶지 않아! 내가 길을 건너자 그도 건넜다. 발걸음을 재촉했지만 그는 금세 나를 따라잡았다. 비열한 웃음을 띠고 있던 얼굴이 기억난다. 나중 그 남자를 고소하고 경찰들을 만났을 때 나는 겨우 그 말만 했다. 그가 어떤 옷을 입었는지, 머리색이나 눈 색깔은 어땠는지 전혀 기억이 나지 않았다. 그래서 경찰들에게 그 남자는 비열하게 웃었고 앞니가 벌어져 있었다고 말했다. 남자는 어서 커피 한 잔 하자고, 약간 누그러진 말투로 중얼거렸다. 하지만 마치 오럴 섹스 한 번 하자는 말을 듣는 것처럼 기분이 나빴다. 게다가 내 엉덩이를 찰싹 때리기까지 했다. 그를 쳐다보다가 뺨을 한 대 갈겼다. 그러자 그는 내게 달려들어 얼굴에 정통으로 주먹을 날렸다.

맞고서 금세 아프지는 않았다. 무슨 일이 일어났는지 잘 이해가 되지 않았다. 나는 그저 땅에 널브러져 있었다. 입안과 눈 속에 피가 나서 렌즈 생각이 났다. 빌어먹을 렌즈. 렌즈를 끼지 않았다면, 다시 일어날 수도, 달아날 수도 없었을 것이다. 나를 집으로 데려다 준 사람은 변두리에 사는 아랍인이었다. 거울에 코를 대고 얼마나 다쳤는지 살펴보면서 전화를 네 통 걸었다. 우선은 급하게 새 렌즈를 주문하느라 안경점에 걸었다. 그리고 반사적으로 아드리앙에게 걸었지만, 응답기 소리만 들려왔다. 전화를 끊으면서 무척 울고 싶었다. 울고 싶은 기분은 오래 갔다. 가브리엘한테 전화해서 나 누구한테 맞았어어어어어!라고 말했다. 마지막으로 아빠에게 전화했다. 아빠는 두말할 필요도 없이 아빠답게 걱정했고, 훌쩍거리며 우는 다 큰 딸을 달래주었다. 괴한을 반드시 찾아내겠노라고 다짐하고는 동네를 감시하게 했고, 내게 덩치 좋은 남자들을 붙여주었다. 그러나 결국 나는 그들에게 나 좀 조용히 내버려달라고 통사정을 해야 했다. 제발 부탁이에요, 아저씨들. 내가 어딜 가든 쫓아오지 좀 말아요. 가세요, 가세요들. 괜찮을 거예요. 아빠에겐 아무 말 하지 않을게요. 게다가 아빤 여기 계시지도 않은 걸요.

지구 반대편에 계시니까, 아빠가 여러분을 고용했다는 사실조차 잊으셨을 거예요.

파블로가 왔다. 파블로와 함께라면 전과는 완전히 다른 생활을 할 수 있을 거란 생각이 들었다. 물론 그를 온전히 사랑하지는 않는다. 아니, 그가 무슨 행동을 하든, 무슨 말을 하든 절대로 사랑하지 않을 거라고 생각했다. 사랑은 잔인한 것이니까. 사랑은 늘 언젠가는 끝나니까. 나는 이제 다시는 죽어버린 사랑을 견디고 싶지 않다. 그럴 만큼 충분히 강하지 못하고, 용감하지도 않고, 자살할 용기도 없으니까. 사랑이라면 딱 질색이야. 나는 되뇐다. 아드리앙이 나를 사랑에서 완전히 벗어나게 해 주었다. 사랑은 언제나 흉측하고, 그로테스크하고, 민망하다. 모두들 《영주의 연인》이 대단한 사랑 이야기라고 말하지만, 사실은 완전히 반대로 사랑이 얼마나 끔찍한지를 보여주고 있지 않나? 드디어 파블로가 왔다. 그는 화가 난 조그만 괴물 같은 내 삶에 닻을 내렸다. 진심을 말하자면, 나는 그가 좋았다. 그는 청바지보다, 노래보다, 내가 인정하는 것보다 더 내 마음에 들었다. 이중으로 자물쇠를 채운 마음을 뚫고 들어올 정도로 마음에 들었고, 자칫 사랑에 빠질 위험도 있었다. 그 위험을 내가 무릅쓰고 싶은 걸까? 선택의 여지가 없는 이 삶을 버릴 정도로 가치가 있는 걸까? 나는 어린아이처럼 삶에서 아무 것도 결정할 수 없다. 어린아이도 욕망이 있고, 변덕을 부리고 불안해 하지만, 오히려 나는 아무 것도 느낄 수 없다. 그저 흘러가는 대로, 얼러 주고 어루만져주는 대로 내버려 둔다. 파블로보다 먼저 알게 된 가브리엘은 내가 뭘 먹는지, 내가 잠을 잘 자는지, 내가 뭘 재미있어 하는지 감시한다. 편안하고 멍청한, 거의 태아 같은 삶이다. 나는 약간 즐겁고, 아주 약간 슬프다. 부러진 만년필 때문에 훌쩍거리며 울고, 차에 빵 끝을 적셔서 좋아라고 먹는다. 예전 같았으면 소리를 꽥 질렀을 테고, 예전 같았으면 이런 삶을 경멸하기만 했을 터였다. 아빠는 내게 싸우라고 가르쳤다. 아빠는 내가 열두 살 때부터 사랑을 최우선 가치에 두지 말라고 늘 말했다. 절대로 남자한테 의지하지 말라고, 아무한테도 의지하지 말라고, 그렇지 않으면 X, Y, Z처럼 불행해질 거라고 말했다.

"아빤 내가 X를 닮은 것 같아? Y를? Z를?"

"아니야, 얘야. 물론 아니지. 하지만 조심해야 해. 넌 강해져야 한다고."

"강해지려면 어떻게 해야 해?"

"덜 상냥해져야 한다. 상냥한 건 좋지만 너 자신이 너무 약해지고 말아. 그러니까 덜 상냥해져야 하는 거야. 그리고 책을 읽어라. 일주일에 세 권씩."

"나 그러고 있어."

"나도 알아, 참 잘하고 있지. 하지만 넌 대입 시험에 합격해야 하고, 그러려면 더 많이 읽어야 해. 자기 전에 독서 감상문을 쓰고, 사내애들 꿈은 너무 많이 꾸지 말도록 해라."

"알았어, 아빠. 하지만 대입 시험까지는 아직 5년이나 남았는걸."

"5년밖에 안 남았으니까 지금 시작해야지. 나중엔 너무 늦어."

"알았어."

"넌 말로는 알았다고 하지만 속으로는 아빠가 날 귀찮게 하는구나 하지?"

"아니, 아냐. 그런 생각 안 해. 아빠 때문에 귀찮지 않아."

지금도 강해져야 할 때일까? 보조 장비 없이, 자낙스 없이, 두 눈을 크게 뜨고, 삶을 정면으로 바라보며 살 수 있을까? 지독한 근시인데도? 콘택트렌즈가 없으면 안개 속처럼 온통 뿌옇게 보이는데도? 내가 근시 핑계를 대고 숨어버릴 때, 사람들 역시 내가 그들을 볼 때처럼 나를 흐릿하고 윤곽이 없는 모습으로 보는 것 같다고 느낀다 해도 마음이 편할까? 세상을 있는 그대로 보기가 힘들다. 왜곡 없이 잘 보고, 잘 듣고, 잘 느끼기가 힘들다. 렌즈 없이 살아갈 수 있을까? 나를 보호하는 건 렌즈가 아닐까? 지난 시간을 되돌아보지 않고 살 수 있을까? 무서울 게 없었던 시간, 심각할 게 전혀 없었던 시간, 아무도 죽지 않고 암에 걸리지도 않았던 시간, 아드리앙이 내 인생의 유일한 남자였던 시간, 아빠가 늘 뭐든 해결해 주었던 시간.

파블로가 내게 전화한 날 나는 이 모든 걸 생각한다. 여보세요? 그의 목소리다. 여보세요? 전화를 받자마자 심장이 쿵쿵 뛰면서 모기장이 눈에 선하고, 한밤중의 웃음소리가 다시 들리고, 무척이나 좋았던 배 위에서의 시간들이 떠오른다. 그리고 겁이 난다. 너무 겁이 나서 그에게 뭐라고 대답해야 할지 모르겠다. 여보세요? 여보세요, 잘 안 들려요. 나는 무뚝뚝하게 전화를 끊고, 가브리엘에게 햇볕에 태운 내 몸을 보여주러 간다. 가브리엘은 옷을 모두 벗고 내 침대에 누워 프리모 레비의 《이것이 인간인가》를 읽고 있다. 좀 봐, 수영복 자국 보이지? 태양이라도 내 가슴과 엉덩이를 볼 권리는 없을 거야. 그가 묻는다. 누구였어? 아빠야. 아빠였어. 아버지는 우리 관계 아직 모르셔? 물론 당신의 존재는 알아. 그런데 내가 아빠한테 당신이 게이라고 했어. 아버님이 당신을 믿으셨어? 당연하지. 아빤 언제나 날 믿거든. 좋아, 그래서 다 괜찮은 거지? 그래, 다 좋아. 루이즈? 응? 이것 봐, 당신이 좋아하는 맛있는 빵 사왔어. 친절하기도 하지, 그런데 그거 내가 좋아하는 빵 아니야. 냄새도 고약하고 브리오슈*맛이 나잖아. 내가 잘못했어, 베이비. 미안해. 이봐, 내가 당신한테 벌써 천 번은 이야기했잖아. 난 당신 베이비가 아니라고. 당신 별로 착하지 않구나. 아냐, 나 착해. 등 만져 줘. 등이라고 했어. 좋아, 간질이는 건 그만하고 뭘 좀 읽어 줘. 한 시간이 그렇게 흐른다. 누군가 초인종을 눌렀고, 큰 수건으로 가슴을 둘러서 묶은 채 문을 열어주러 간다. 파블로다.

이런, 안에 가브리엘이 있는데. 나는 인상을 찌푸리며 파블로가 그런 식으로 온 것에 불같이 화를 낸다. 그가 내 주소를 찾아낸 것에 당황하지만, 기분이 약간 좋기도 하다. 그리고 내심은 그렇게 놀란 것도 아니다.

그럼, 우리 어떻게 하지?

파블로가 발로 문을 좀 더 열면서 묻는다.

난……, 난 모르겠어!

그렇지만 나는 알아.

응? 아!

저 남자 아니면 나인 거지?

(그렇구나.)

저 남자야, 나야?

몰라.

---

* 밀가루 · 버터 · 달걀 · 이스트 · 설탕 등으로 만든 달콤한 프랑스 빵.

언제 알 것 같아?

내일?

왜 내일이야?

그냥.

여기서 내일 무슨 일이 일어나는데?

아무 일도 일어나지 않을 거야.

그런데 왜?

그래, 알았어.

뭘 알아?

그래, 당신이야.

나야?

당신이야.

누구야? 방 안에서 가브리엘이 소리 지르자, 파블로가 나를 자기 쪽으로 끌어당기고 목에 키스한다. 그런 다음 수건을 잡고 있던 내 팔을 붙잡고, 집 바로 가까이 있는 식당에서 기다리겠다고, 그렇다고 밤새 기다리진 않을 거라고 속삭인다. 수건이 땅에 떨어진다.

나는 파블로의 수염에 쓸려서 뺨이 온통 빨개진 채 방으로 돌아간다. 가브리엘이 반쯤 화가 나고, 반쯤 의심스러운 눈초리로 나를 쳐다본다. 당신 지금도 아빠였다고 할 거야? 나는 침대 옆 작은 테이블에 놓인 자낙스 알약 케이스를 집어 들고, 하나를 삼키고 두 개째를 입에 넣는다. 그리고 내가 만들 수 있는 가장 차가운 눈빛을 가브리엘에게 던지며 말한다. 그래, 말할게. 나 누군가를 만났어. 응? 누구를? 어디에서? 누군가 만났다고 했잖아. 당신 말고 다른 누군가를. 그게 무슨 말인지 모르겠니? 그는 읽고 있던 프리모 레비의 책을 여전히 손에 쥐고 있다. 내가 기분이 괜찮을 때 입술로 물기를 좋아하던 기다란 속눈썹을 미친 듯이 깜빡이면서 내게 애원이 섞인 불신이 가득한 눈빛을 보내고 있다. 그 애원하는 듯한 표정이 나는 역겹다. 그런 감성과 상냥함은 그의 카우보이 같은 외모와 어울리지 않는다. 하지만 그런 절망적인 모습이 바로 내가 보고 싶은 면이기도 하다. 내가 아는 사람이야? 그가 억양 없는 목소리로 묻는다. 그는 여전히 다 벗은 채 내 침대에 누워있다. 나는 생각한다. 저런, 이러다 몇 시간은 잡아먹겠네. 난 그러기 싫어. 설명도 하기 싫고, 이렇게 대책 없이 비장하게 질질 짜는 시간도 못 견디겠어. 하지만 일은 벌어졌고, 이제 곧 끝이 날 거야. 가브리엘은 가버릴 거고, 이제 다시는 소식을 듣지 못하겠지. 그런 생각을 하면서, 나는 욕실 쪽으로 도망치며 소리친다. 아냐! 당연히 아니지. 당신이 모르는 사람이야. 왜 당신은 항상 모든 사람들을 다 알고 싶어 해? 나는 샤워기를 틀고 그 밑에 선다. 자낙스의 약효가 나타나기 시작하고, 나는 웃고 싶다. 담배를 피우고 난 뒤처럼 바보같이 웃고 싶다. 뭐야, 당신 아직 있어? 나는 옷을 모두 벗은 채 방으로 돌아와서 말한다. 가브리엘이 이미 존재하지 않는 것처럼 전혀 부끄럽지 않다. 나는 그의 얼굴에 청바지를 던진다. 여기 있으면 안 돼! 나가! 그는 벌떡 일어나 내 목을 움켜쥐고 벽으로 밀어붙인다.

"당신, 이럴 수 없어. 나더러 이렇게 떠나라고 하면 안 돼."

"놔 줘. 아파!"

"당신이 날 아프게 하고 있어!"

"아냐, 당신이 날 아프게 해. 목을 너무 세게 졸라서 내가 숨이 막혀!"

그가 정말 내 목을 조르려 한 걸까? 그렇게 할 능력은 있는 걸까? 나는 못 들은 척 했지만 그가 밤마다 내 귀에 속삭이던 말이 생각난다. 당신 주위에 벽을 세우고 싶어. 질투심에 휩싸여 있던 그의 모습이 떠오른다. 그는 언제나 내 삶을 완전히 조종하고 싶어 했다. 내 식사, 내 친구, 내 약, 내 고양이들까지도. 그를 화나게 하고 싶을 때 나는 계단을 재빨리 뛰어올라가서 그가 도착하기 전 열쇠를 자물쇠에 꽂았다. 그런 사소한 일을 할 때조차 그의 도움을 받지 않으면 그는 견딜 수 없어 했다. 그는 그걸 마치 패배라도 한 것처럼 여겼다. 나는 재빨리 내가 그에게 입힌 상처에 대해 생각한다. 나를 사로잡고 있던 악의에서 나온 행동들을. 내가 좀 더 잘 할 수도, 그에게 더 잘 대해줄 수도 있지 않았을까? 나도 마음이 아픈 척, 적어도 그의 고통에 신경을 써주는 척할 수도, 그를 개처럼 돌려보내지 않을 수도 있을 수도 있지 않았을까? 개한테라면 약간은 다정했을 테지만, 그에게는 철저히 무례했고, 작은 악마처럼 이기적으로 굴었다. 조금 거짓말을 하는 게 그렇게 어렵나? 내게 수고스러운 게 있었나? 아니다. 무성의함으로 인해, 그는 쫓겨나고 버림받았다. 더러운 응석받이 여자아이. 나와 어울리지 않을 진 몰라도, 아주 예전에 배운 더러운 폭력. 내가 아직 응석을 부리지 못했던 어린 시절, 선택이란 말이 적절하진 않지만, 아빠와 엄마 중 하나를 선택해야 했을 때, 나는 엄마를 너무도 사랑했지만 아빠를 선택해야 정상적인 삶을 살 수 있을 거란 걸 알았다.

그래, 그는 할 수 있다. 그는 내 목을 조를 수 있다. 나는 더는 몸부림치지 않는다. 그는 너무 강하다. 화가 너무 많이 났다. 그리고 이상하게도 그에게 목이 졸린다는 게 썩 나쁜 생각 같지 않다. 그렇게 되면 모든 게 해결될 것이다. 이제 더는 결정을 내릴 필요도, 선택을 할 필요도 없이 모든 게 끝날 것이다. 하지만 30분쯤 흐르자, 그는 손아귀 힘을 풀고 바지를 입고 문을 쾅 닫고 나가버린다. 끝났다. 나는 파블로가 기다리고 있는 식당으로 간다. 약간의 죄책감이 들었지만, 탈출에 성공한 것처럼, 그다지 심각하지 않은, 아니 전혀 아무 것도 아닌 사소한 규칙을 위반한 것처럼 마음이 가볍다.

선택을 했다는 것이, 결정을 내릴 힘이 있다는 것이 기쁘다. 많이 힘들지는 않았다. 마음이 그렇게 아프지도 않았다. 사실을 말한다면, 전혀 아프지 않았다. 내가 가브리엘에게 한 나쁜 짓들은 하나도 생각나지 않았다. 나는 엄마를 떠났을 때와 마찬가지로 오로지 나만, 내가 아프지 않을 것만 생각했다. 지나치게 얌전한 아이들의 잔인함. 어쨌든 정신 똑바로 차려야지. 나는 속으로 되뇌었다. 결국 내가 괴물이란 걸 알아차리게 될 것이다.

11

솔직해지자. 나는 평생 약을 먹었다. 지금은 차를 마시지만, 평생 나는 치료를 받았다. 어쩌면 엄마가 떠난 것 때문이 아닌지 모른다. 아니면 내가 엄마 집을 떠난 것 때문일까. 어떻게 말을 해야 할지 모르겠다.

처음 이마가 아프다고 했을 때, 할머니는 유리잔에 우유를 붓고 무슨 가루를 타서 주며 말했다. 이거 먹어 봐. 플라시보라고 하는 건데 먹으면 마술처럼 싹 나을 거야. 정말 마술 같았다. 플라시보처럼 좋은 약이 세상에 없는 것 같았다.

나는 일곱 달 만에 미숙아로 태어나서 눈썹도, 손톱도, 머리카락도, 속눈썹도 없었다는 이야기를 나중에 엄마한테 들었다. 엄마는 그래도 나를 인큐베이터에 넣자는 걸 거부했다고 한다. 그때로부터 나는 어쩌면 나한테 뭔가가 부족할지도 모른다는 생각을 했다. 그리고 눈에 띄는 모든 약의 주의사항들을 읽기 시작했다. 나는 여자아이의 샘플, 소녀의 밑그림. 약이 그런 나를 완성시켜 줄 수 있을 것 같았다.

감기약인 리나드빌을 달고 살았던 시절이 기억난다. 하루에 한 통씩 먹었었다. 고양이 알레르기 때문에 콧물이 계속 나서 약이 필요하다고 했더니 여자 약사가 말했다. 과민성을 없애야 해요. 대체요법을 받아보시든가요. 나는 대답했다. 네, 네, 받아 볼게요. 그래도 어쨌든 리나드빌 네 통 주세요. 걸리지도 않은 병을 치료하는 게 정상은 아니라는 걸 나도 알고 있었다. 하지만 나는 괜찮다고, 내가 나 자신에게 잘해주고 있는 거라고, 나를 잘 보살피고 있는 거라고, 그저 플라시보와 마찬가지로, 일종의 의식, 혹은 습관과도 같은 것이 필요한 거라고 생각했다. 할머니와 있을 때처럼 말이다. 플라시보가 뭐가 나빠? 나는 예의상 흘리던 아드리앙의 눈물, 아빠의 끔찍한 눈물, 끊임없이 펑펑 흘리던 엄마의 눈물, 그리고 다른 모든 눈물들, 그리고 이번만큼은 내가 위로할 수 없는 남동생의 눈물을 보던 날을 꿈처럼 흘려보내고 있었다. 그날, 할머니 장례식에서 눈물을 흘릴 수 있게 해줄 약을 꿈꾸면서 말이다. 그러니 솔직해져야 한다. 모든 잘못,

모든 책임을 남들에게 떠넘길 순 없다. 약에 취해 있던 시절을 생각해 보면, 전부터 내가 그랬던 적이 있었음을 인정하지 않을 수 없다.

될 대로 되라지! 내게 뭔가가 부족하다고 정말로 믿기 시작한 건 아기를 지우고 난 후였다. 충분히 여자답지 못하고, 충분히 어른답지 못하고, 눈빛이 충분히 뇌쇄적이지 못하고, 아기를 갖기에는 그와 사이가 충분히 좋지 못하고, 뭐든지 못 미치고, 뭐든지 부족했다. 갑자기 내가 나비가 되기에 실패한 애벌레 같다는 생각이 들었다.

아기를 지운 후 아드리앙은 점점 더 나 없이 혼자 나가는 일이 잦아졌다. 나는 파티, 결혼식, 나이트클럽, 저녁식사 자리에 발길을 끊었다. 실수나 실없는 소리를 할 것 같았기 때문이다. 내 생각엔 그다지 심각하지 않은 것 같았는데, 나중에 그는 화가 나서 새파랗게 질린 얼굴로 이를 꽉 깨문 채 나의 어떤 말 때문에 치욕스럽고, 명예가 땅에 떨어졌으며 정치 경력에 타격을 입었다고 말한 적이 있다.

집에서 고양이들이랑 있는 게, 컴퓨터 게임을 하며 담배를 피우는 게 낫겠다고 한 건 결국 나다. 그에게 더는 내게 함께 나가자고 말해주지 않아도 될 만큼, 빈말로나마 두 번 권하지 않아도 될 만큼, 어쩌면 나보다 더 예쁘고, 재미있고, 공격적이고, 뇌쇄적인 눈빛을 지닌 여자를 만나게 될 순간을 생각하는 게 낫겠다고 한 것도 나다. 그런 슬픈 저녁들, 그 순간 모든 것이 시작되었고, 나는 약물 중독자가 되었다.

나는 우선 엄마의 대체요법 치료사를 찾아갔다. 그가 내게 물었다.

"언제나 그렇게 말을 빨리 하세요?"

"네, 그런 것 같아요."

"왜요?"

"겁이 나서요."

"뭐가요?"

"사람들을 너무 오래 지루하게 할까 봐요."

"우울감을 느끼나요?"

"아뇨. 그냥 붕 뜬 느낌이에요. 어떨 땐 공중에, 어떨 땐 아주 깊은 물속에서 붕 떠다니는 것 같아요. 선생님도 아시겠지만, 내 속에는 텅 빈 공간이 있어요. 그것이 마치 헬륨처럼 나를 사람들에게서, 사물들에게서 멀어지게 하죠. 하지만 그건 문제가 아니에요."

"문제가 뭐죠?"

"가끔 다른 사람이 되었으면 해요."

"누가 되고 싶은가요?"

"아무나요. 눈빛이 뇌쇄적인 슈퍼우먼 같은 여자요."

"왜요?"

"아드리앙 때문이에요. 아드리앙은 내 남편인데 내가 자기한테 맞는 여자가 아니라고 생각해요. 내가 잠을 너무 많이 잔다나요. 어떨 땐 하류에 속하는, 죄송해요, 하루에 15시간씩 자기도 하거든요. 꿈속에서 나는 다른 사람이 되어 있어요. 그이 마음에 훨씬 더 드는 여자가 되어 있죠."

그래요? 나는 이해해요. 치료사가 말했다. 그리고 내게 식초를 좋아하느냐고 물었다. 네, 무척 좋아해요. 그럼 초콜릿은요? 초콜릿도요. 그러자 내게 처방전을 써주었다. 첫 번째 약 이름은 코카이넘*이었는데, 그걸 보니 웃음이 났다. 두 번째는 코쿨루스**였는데, 이름만 봐도 별로 마음에 들지 않았다. 둘 중 어떤 것도 내겐 들지 않았다. 약을 먹어도 텅 빈 내 속은 전혀 변함이 없었다. 여전히 기분이 나빴고, 여전히 끈적끈적한 피로 속에 빠져 있었다. 두터운 피로감이 모든 것을 덮어버려 잠을 자도 소용이 없었다. 무엇보다 나는 여전히 실수를 저지르고 있었다. 여전히 아드리앙의 경력에도, 대단하신 전직 장관들을 대상으로 하는 그의 강의에도, 그들에게 주는 점수에도, 그들의 비위를 맞추려고 여는 저녁 모임에

---

* 코카인의 라틴어.
** Cocculus indicus, 유독성이 있는 인도산의 작은 견과.

도, 그의 모든 복잡한 전략에도 나는 관심을 가질 수가 없었다. 나는 너무 멍청해서 그런 전략에 선선히 동조할 수가 없었다. 그러던 어느 날, 아빠의 책상 서랍을 뒤지다가 우연히 아빠의 '뇌를 위한 비타민' 을 발견하게 되었다.

나는 아빠가 일 할 때, 책 집필을 마치려고 오래 깨어 있어야 할 때 가끔 그 약을 먹는 걸 알고 있었다. 그 약을 먹으면 아빠가 신경질적이 되고, 집중력이 높아지고, 걸핏하면 화를 내고, 행동이 빨라진다는 것도 알고 있었다. 그 약이 거기, '아빠의 동굴' 에 있다는 것도 알고 있었지만, 그 이상의 관심은 갖지 않았다. 약을 보지도 않고 그 앞을 지나쳤다. 아빠는 약에 대해 한 번도 이야기하지 않았지만, 동료 작가들과는 약의 제조법이나 복용량에 대해 정보를 교환하는 것 같았다. 나는 속으로 굉장한 깨달음을 얻었다고 생각했다. 어쩌면 이게 해결책이 될 지도 몰라. 어딜 가거나, 언제든지 이 마법의 약을 가지고 다니면 되는 거야. 그러면 첫째, 나는 영리하고 약삭빠르고 열정적인 사람이 되겠지. 둘째, 내속에 아빠가 조금은 들어오게 될 거야. 아빠가 나와 함께 있는 것 같을 거야. 우리는 둘이 될 테고, 둘이 하나보다는 훨씬 강하니까 내 수준을 높이는 데 도움이 될 거야. 아드리앙에게 어울리는 사람으로 만들어 줄 거야.

그렇게 모든 일이 시작되었다.

한 번, 두 번, 그러다가 점점 더 자주, 매일, 매 시간, 하루에 여덟 번에서 열 번까지. 그때마다 나는 나 자신을 의심했고, 나를 비난하는 아드리앙의 눈빛을 느꼈다. 그때마다 금세 제 자리로 돌아가길 바랐고, 그때마다 공포에 사로잡혀 도움을 요청하고 싶었다. 아, 아빠가 내 주머니 안에 있어. 아빠의 뇌에 직접 연결되었어. 그러면 모든 것이 쉬워지고 술술 풀렸다. 거의 분명해졌다. 나는 다 나은 것 같았고, 무적의 슈퍼우먼이 된 것 같았다. 약을 먹고 또 다음 약을 먹을 때까지는 내 나쁜 습관, 현실도피와 포기, 나약함, 게으름, 비겁함이 사라진 것 같은 기분이 들었다. 아드리앙은 끔찍이 싫어했지만 약을 다 먹을 때까지 나는 자유로웠다. 내 의지, 욕망, 즐거움을 모조리 빨아들이는 내 속의 텅 빈 공간에서 해방되어, 마침내 그가 원하는 여자, 내가 될 수 없는 여자가 될 수도 있을 것 같았다.

그 기적의 알약 이름은 다이닌텔*, 서벡터**, 캡타곤***이었지만 사람들은 그저 암페타민이라고만 불렀다. 이 비슷비슷하게 나쁜 약들은 모두 효과가 똑같았기 때문이다. 내게 필요한 건 암페타민이었다. 내 남편에게 어

---

* Dinintel, 비만치료제.
** Survector, 향정신성의약품, 아민엡틴(Amineptine)의 일종.
*** Captagon, 최음제.

울리는 여자가 되려면, 그의 아이를 가지려면 암페타민이 필요했다. 브르타뉴 여자다운 내 피부와 남편의 마디 굵은 손가락을 닮을 아이. 정치인들의 파티에 남편 팔짱을 끼고 나타날 수 있으려면, 남편의 고등사범학교 동창생들 앞에서 실수를 하지 않으려면, 그가 나를 두고 바람 피울까 노심초사하지 않으려면 암페타민이 필요했다. 아드리앙이 나를 떠나면 어쩌나, 사랑하지 않으면 어쩌나, 나를 버리면 어쩌나 하는 생각을 암페타민을 먹으면 더는 하지 않아도 되었다. 나는 무적이었고 터미네이터처럼 강했다.

그때부터 나는 어쨌든 그 마법 같고 기적 같은 느낌을, 마법의 양탄자를 타고 닿을 수 없는 높은 곳까지 의기양양하게 올라가는 듯한 막연한 기분을 간직하고 있었다.

마치 아빠가 내 속에, 나와 함께, 내 머릿속에 있는 느낌. 이제 더 이상 내게 아무 일도 일어나지 않을 것 같았다. 나는 아빠처럼 횡단보도를 보지도 않고 길을 건넜고, 말을 할 때도 아빠처럼 했다. 아빠의 암페타민을 복용하는 것은 마치 수혈을 받는 것과 같았다. 내 삶을 아빠의 삶에 꿰매 넣는 것이었고, 아빠의 지성과 용기 중 일부를 내 속으로 받아들이는 것이었다. 자신은 알지 못했겠지만, 아빠는 나를 인도하고, 보호하고, 감시했다. 아드리앙은 나를 버리지 않을 터였다. 마침내 나는 그가 꿈꾸던 슈퍼 루이즈가 되었으니까.

그때는 전혀 알지 못했다. 곧이어 악몽을 꾸게 되고, 절망감에 시달리고, 폐수종 때문에 하마터면 죽을 뻔 하고, 머리가 뭉텅뭉텅 빠지고, 반복적으로 몸이 아프고, 달리기가 점점 힘들어지고, 가끔은 걷기조차 어려워질 거라는 걸. 미리 알았다 해도 바뀌는 건 물론 아무 것도 없었을 것이다. 나는 끝까지, 거의 끝까지 갔을 터였고, 실제로도 그랬으니까.

아니, 알지 못했다는 건 사실이 아니다. 의사들이 언뜻언뜻 하는 이야기를 통해서 나도 알고 있었다. 나는 찾아가는 의사와 약사가 아주 많았고, 그중에서는 나보다 더 약물에 중독되어 있던 유명한 여성 작가를 치료한 경험이 있는 꽤 유명한 의사도 있었다. 그가 내게 앞으로 겪게 될 끔찍한 일들을 줄줄이 이야기해 줬다. 하지만 나는 안다. 그는 그저 께름칙한 게 싫어서 이야기를 한 것뿐이지 진심으로 걱정해 준 건 아니었을 것이다. 그는 내가 원하는 약을 모두 처방해 주었고, 어느 날인가는 한 주에 두 번이나 받아가는 처방전을 건네며 내게 조용히 이렇게 말하기까지 했다. 아시겠지만 굳이 자살하겠다는 사람을 의사가 말릴 수는 없죠. 모든 일이 끝났을 때,

아빠는 그 의사에게 가서 얼굴에 한 방을 먹였다. 그래도 그 나쁜 자식은 감히 아무 말도 하지 못했다 한다.

하지만 이 이야기를 하면서 나는 지금도 되뇐다. 그 의사가 나빴던 게 아니다. 그는 괴물도 범죄자도 아니다. 그건 나였다. 잘못한 사람은 나뿐이었다. 나는 계속 복용량을 늘려야만 했지만 모른 척 했다. 심장이 견뎌주지 못해서 수영을 할 수도, 춤을 출 수도 없었지만 모른 척 했다. 죽을 수도 있었지만 모른 척 했다. 아침에 일어나면 때때로 안색이 밀랍처럼 창백해지기 시작했지만 모른 척 했다. 내가 주의를 기울이지 않는 사이 나를 배신했던 냉정하고 혐오에 찬 눈빛을 모른 척 했다. 내가 나 자신에게 품었던, 암페타민이 드러나게 한 적의를 모른 척 했다. 매일 열두 개의 연질 캡슐을 삼키던 시절, 나는 모든 것을 모른 척 했다. 그리고 생각했다. 됐어. 나는 아드리앙이 찾던 여자와 닮아가고 있어. 사납게 쏘아붙이는 냉정한 여자, 언제나 열정적이고 격렬하며 결코 몽상에 빠지지 않는 영혼. 세상이 냉혹하고 거칠며, 가시덤불처럼 나를 할퀴어대는 시련들로 가득 차 있다고 해도 상관하지 않았다. 내가 반대로 가면 되니까. 내가 나 자신에게 냉정하고 못되게 굴어도 상관하지 않았다. 나는 아드리앙이 원하던 똑똑하고 약삭빠른 여자가 되고 있으니까. 마치 기적 같다고 생각했다. 사람들의 악행과 나쁜 생각,

결점까지 속속들이 꿰뚫어보는 슈퍼 루이즈로 가장하니 그가 나를 사랑한다고 생각했다. 암페타민 덕분에 나는 내가 원할 때면 언제든지 슈퍼 루이즈가 될 수 있다고. 그리하여 어린 시절의 온화함은 멀리 사라져갔다. 아빠가 친구에게 전화를 걸어, 어이, 아르쉬큐브*라고 부르면 루빅스큐브라고 알아듣고 나 혼자 좋아하며 웃던 시절도 까마득했다. 이런 모든 것들이 내게서 멀어졌지만 세상사는 무척 가깝게 느껴졌고, 숨겨진 암호와 움직임이 이해가 되었다. 이해하게 되었다고 착각했을 뿐이지만. 이를테면 나는 암페타민 덕분에 보고 들을 수 있었고, 안경을 처음 썼을 때처럼 세상을 또렷하게 볼 수 있었다. 암페타민은 모든 것을 여는 열쇠였고, 암페타민 덕분에 나는 사랑받을 자격이 있는 여자가 되어가는 것으로 믿고 있었다.

이제는 모두 옛날 일. 심연의 밑바닥까지 내려가는 것처럼 멀고도 춥다. 악몽은 아주 빨리 시작되었다.

---

* Archicube, 고등사범학교 졸업생이란 뜻.

12

나는 처방전을 위조하고 의사들을 속이는 법을 배웠다. 의사들은 얼굴 한 번 찌푸리지 않고 내가 해 달라는 대로 처방전을 내주어서 나는 그저 복용량만 늘리면 되었다. 나는 뒷돈을 조금 받고 수상쩍은 처방전을 눈감아주는 여자 약사들을 여러 명 알고 있었다. 나는 매우 빠르게, 완전하게 다른 세계로 빠져들었다. 그곳은 시간이 알약 개수 단위로 흐르는 곳이었다. 약을 먹지 않거나 너무 많이 먹으면 구역질이 났고, 그 시간은 구멍이 난 것처럼 날아가 버리거나, 그렇지 않을 때는 힘이 넘쳐났다. 내가 머물던 그곳은 그처럼 구멍이 군데군데 나 있거나, 힘이 넘치는 시간이 때로는 통제되지 않는 격정과 함께, 혹은 구제받을 수 없는 무기력과 함께 흘러가는 곳이었다.

무척이나 강해야 약을 끊을 수 있는데, 나는 결코 강하지 못했다. 그래서 나는 그 광기 속으로 한걸음씩 빠져들었고 암페타민을 질리도록 먹어댔다. 한참을 그렇게 지내다 보면 문득 그만두고 싶다고 생각이 드는 순간이 있다. 집에서 토하고 울며, 처방전을 새로 써줄 다른 의사와 만날 날만을 손꼽아 기다리며, 기적을 기대하며 지냈던 저녁들. 그 때 나는 커피가 효과 있기를, 침대 밑에서 다이닌텔* 한 알을 발견하기를, 천장이 무너져서 내가 정말 불행해 할 이유가 생기길 바랐다.

아드리앙의 그 잘난 생일날 저녁이 생각난다. 그날 나는 자리에서 일어날 수가 없었다. 꼼짝도 할 수 없었다. 내가 이 모든 것에 몸을 던진 건 그와 같은 날 저녁에 잘 처신하는 능력이 있는 사람이 되기 위해서였다. 그것이 말도 안 되는 자기합리화라고 비난해도 그때는 그렇게 믿고 싶었다. 그로부터 6개월 후, 나는 약을 먹지 않으면 두 다리로 몸을 지탱할 수조차 없었고, 여전히 부족한 사람이었고, 오히려 더 바보가 되었다. 아, 캡타곤** 한 알만, 딱 한 알만 있으면 좋겠다. 이미 오래 전부터 약을 먹기 시작하고 양을 늘려왔는데 처음에 먹을 때처럼 강력한 힘이 솟지 않는다. 그래도 어쨌든 일어나서 씻고 옷을

* Dinintel, 프랑스 제약회사 사노피-아벤티스사의 비만치료제.
** Captago, 최음제의 일종.

입을 수는 있었다. 약 기운이 떨어지기 전까지 한두 시간쯤은 괜찮은 척 하고 아드리앙과 함께 있을 수도 있었다. 하지만 나는 침대에 그냥 누워서 그를 생일파티에 혼자 보냈다. 생일파티에는 친구들이 모두 올 것이고, 슈퍼 걸들이 눈을 위로 한껏 치켜뜨며 아드리앙을 유혹할 것이다.

하지만 아드리앙이 어떻게 그렇게 오랫동안 아무 것도 모르고 있을 수가 있었을까? 걱정하는 기색도 없고, 아빠한테 전화도 하지 않고, 도움을 청하지도 않을 수가 있었는지. 그도 나름대로 주장을 내세울 수 있을 것이다. 아드리앙은 언제나 주장하길 무척 좋아했다. 마치 수많은 청중을 앞에 둔 것처럼 내 앞에서 왔다갔다 걸어 다니는가 하면, 거울 앞에 서서 눈앞에 흘러내린 머리를 매만지고, 단추를 만지작거리거나 눈빛이 얼마나 매서운지 점검하고, 나를 보는 둥 마는 둥하며 자기주장을 늘어놓곤 했다. 지금 그의 의견은 그러니까……. 아, 그의 의견 따위는 어찌됐든 상관없다! 그는 그저 현실을 정면으로 보기 싫었던 것이고, 알기 싫었던 것이라고 생각한다. 그도 역시 더도 아니고 덜도 아닌 평범한 속물이었던 것이다. 아드리앙이 야망, 친구들, 무슨 협회 등을 공략하려던 풋내기 정치인 놀음에 눈이 멀었다고 물론 내가 그를 원망할 수는 없다. 그도 마음속으로 내가 미쳤다고, 지나치게 나약하다고 생각했을 것이다. 암페타민을 비롯한 약물들이 상황을 더욱 어렵게 만들 거라고 여겼을 것이다. 그래서 우리가 헤어져 있던 시절, 가장 절친한 친구였던 시몽에게 나 루이즈가 돌았다고 말한 게 아닐까. 나도 알아. 뻔하지. 하지만 나는 아무 것도 할 수 없어. 말릴 수도 없고. 가장 마음에 걸리는 건 루이즈를 떠나야 한다는 거야. 어쨌든 그는 뻔뻔스럽게도 자신의 '꼬마 곰' 이 돌았다는 원칙에서부터 자신의 알리바이를 풀어가기 시작했다. 그것은 아주 뻔한 것으로, 미리 정해져 있었고, 그렇다고 해서 자기한테 미치는 영향은 거의 없었다. 나는 이 상황에서도 그에게 있는 그대로의 현실을 다 말하고 싶지는 않았다. 나는 스스로 프로나 되는 것처럼 거짓말을 능수능란하게 했다. 내가 정말로 감쪽같이 속였는지, 아니면 그가 나를 그저 우울증에 걸렸고, 게으르고, 이기적이라고 생각했는지도 모르겠다. 내가 왜 거짓말을 했을까? 내 인생은 지옥이 되어버렸지만, 그래도 나는 암페타민을 끊고 싶지 않았다. 겁을 내고, 숨고, 얼굴을 붉히는 예전의 얌전한 꼬마 루이즈가 다시 되고 싶지 않았기 때문이다. 부끄러워서 거짓말을 했다. 나는 어른처럼 살려면 보조 장비가 필요한 사람이라는 걸 그에게 무슨 일이 있어도 알리고 싶지 않았다. 암페타민 없이 슈퍼 루이즈로 변장하지 않은 벌거벗은 내 모습이 창피

했던 것이다.

하지만 암페타민을 먹지 않아도 나는 이미 예전의 내가 아니었다. 그렇게 단순한 일이 아니었다. 약을 끊고 변장을 지운다 해도 꼬마 루이즈로 다시 돌아갈 수는 없었다. 아니, 약을 먹지 않으면 나는 식물인간이 되었다. 자리에서 일어나려면 초인적인 힘이 필요했다. 우선 아침에 눈을 뜨지만 아무 것도 보이지 않았다. 욕실로 가서 렌즈를 씻고, 하루 시작의 첫 순서로 다이닌텔과 서벡터-에펙사-인사이탈을 섞어서 삼켰다. 약을 먹고도 나는 무기력했고, 다시 잠에 들었다. 그리고 끔찍한 꿈을 꾸다가 10분 후 식은땀을 흘리며 깨어나 물을 조금 마셨다. 꿈이 어떻게 끝난 거지, 응? 꿈이 어떻게 끝나고, 어떻게 된 거야? 나는 여전히 힘이 없었다. 아무 것도 보이지도, 들리지도 않았다. 오로지 멀리서 전화를 받거나 고양이들에게, 혹은 시계에 비친 자기 모습에 대고 이야기하는 아드리앙만 보이고 들렸다. 잠이 약간 깬 상태로 나는 투덜거렸고, 욕실로 급히 가서 약을 다시 게걸스럽게 집어삼켰다. 그리고는 다시 침대로 가서 무너지듯 쓰러져 누웠고, 눈을 감고 섞어 먹은 약의 약효가 나타나길 기다렸다. 지금 몇 시지? 11시구나. 이번엔 약이 듣질 않았던 거야? 어제보다 약효가 덜 한 건 아닐까? 12시네. 그래, 이제 시작이야. 약효가 슬슬 나타나는구나. 재미있는 일이 하나도 없네. 다시 잘 수 있어. 다시 잘 거야. 잠에서 완전히 깨니 한낮이었다. 나는 기분이 나빴고, 화가 치밀어 올라 욕실에서 지긋지긋하다고 고함을 질렀다. 전화가 울렸는데 자동응답기가 꽉 찼다. 지겨워. 메시지를 들으면 화가 나고 죄책감만 들 테고, 나는 아무에게도 전화하지 않을 것이었다. 내가 이제 전화하지 않는다는 걸 사람들은 모두 잘 알고 있다. 왜 그들은 지치지도 않는 걸까. 나라면 그냥 내버려두고 절대로 전화하지 않을 텐데. 일어나서 옷을 입고 당통 카페에 가서 커피 한 잔 마시려고 내려간다. 그리고 아빠에게 전화로 메시지를 남긴다. 여보세요, 저 루이즈예요. 시간이 없어서 아빠랑 얘기도 못하겠고 만나지도 못하겠어요. 제가 일이 많아서요. 끝내준다! 그렇게 하기까지는 초인적인 용기가 필요했다. 구역질이 안 나는 소강상태를 기다리기 위해서, 내일의 처방전을 위조하기 위해서, 바짝 마르고 망가진 몸으로 약국에 가서 웃기는 연극을 하기 위해서, 나는 마지막으로 조금 남아있는 힘을 모조리 그러모아야 했다.

"이 처방전 말이에요. 확실하지 않네요. 전혀 명확하지가 않아요."

나는 내가 연기하는 역할이, 자신이 타락해가는 것을 뻔히 보면서 준(準)범죄를 저지르는 꼴이 끔찍이도 싫었다. 때때로 사정하고, 애원하고, 구걸해야 하는 것도 싫었다. 약사들이 무슨 상관이야. 왜 이렇게 말들이 많아. 그래서 무슨 이익을 볼 게 있다고. 나는 조심성 많은 약사들을 증오했다. 그런 약사들은 내 처방전을 확인하고, 상사에게 전화를 걸어 목소리를 죽이며 처방전에 대해 이야기했다. 나는 겉으로는 정직하고 얌전한 척, 불행하다는 표정을 짓고 있었지만 속으로는 그녀들을 물어뜯고 싶었다. 별 말 없이 약을 내 주는 약사들도 싫었다. 시간이 지나면서 자기들이 마치 내 친구라도 되는 줄 아는지 애완견, 휴가, 태극권 수업 같은 잡다한 얘기들을 늘어놓았기 때문이다. 그러면 나는 약을 얻기 위해 귀 기울여 듣고, 맞장구 쳐주고, 웃어야 했지만, 속으로는 그녀들을 죽이고 싶었다. 수상한 처방전을 빌미로 협박을 하는 약사들도 있었다. 나는 오히려 그런 사람들이 제일 잘 이해가 되었다. 적어도 자기들의 방식에 따라 일관되게 행동했고, 약사협회에서 징계를 받을지도 모를 위험을 감수한다는 걸 알고 있었기 때문이다. 예전에 퇴근하면서 한 번씩 들러 신제품인 선크림을 발라보거나 헤어 제품을 추천받던 약국은 피했다. 거기 약사들은 내게 인후염이 어떤지, 남동생의 귓병은 괜찮은지 귀찮게 물어서 나는 발길을 끊어야겠다고 생각했다. 나쁜 소문은 빨리 퍼지는 법이라, 슈퍼마켓에서 마주쳐도 이제 약사들은 내게 아는 척을 하지 않았다.

그 무렵 아드리앙이 나를 떠나지 않은 것은 이상하다. 내가 고백해서 모든 사실을 다 알게 되었을 때도 그는 나를 떠나지 않았다. 오후 세 시에 집에 온 아드리앙이 거실 소파에서 경련을 하며 널브러져 있는 나를 발견하고 울부짖었다. 가끔 나는 그에게 감사한다. 그가 내게 한 모든 일들에도 불구하고. 어쨌든 그는 그때까지도 내 곁에 머물렀고, 거듭된 회복과 실패, 내 거짓말과 히스테리를 견뎠다. 가끔 생각한다. 그에게 필요했던 건 내가 그를 필요로 한다는 사실이 아니었을까. 이따금 감당해야 했던 구조자의 역할을 즐겼던 건 아닐까. 나를 병원으로 데려가고, 간호사들의 관심을 받고, 의사들 앞에서 내 몫의 비극까지 연기하고, 불쌍한 젊은 남편이라는 분위기를 풍기는 걸 좋아한 게 아닐까. 그가 내게 항상 "아버지를 죽여야 해! 아버지를 죽여야 해!"라고 반복해서 말했을 때 나는 그를 믿었다. 그가 왜 내 아빠에 대해 필요 이상의 증오심을 가지는지 의아해 하면서도. 그가 불임이라고 말했을 때 내가 그를 믿었던 것처럼 그처럼 터무니없는 선동도 다 받아들였다. 아드리앙 때문에 내 아버지와 몰래 이야기를 해야 했고, 심지어는 아무 말도 나누지 못했을 때도 나는 그의 내심을 다 알지 못했다. 그것은 열등감이었고, 천박한 권력욕이었고, 속물이었지만, 그의 다정하고 착한 모습 아래 내 아버지를 죽이려는 욕망이 감춰져 있었고 바로 내가 그의 무기였다는 걸 몰랐던 것이다.

처음 사람들을 속일 때, 나는 몸짓과 떨림까지 모든 것에 신경을 썼다. 다른 사람들처럼 식탁에서는 입맛이 있는 척 했고 저녁에는 피곤한 척 했다. 싸움, 주먹다짐, 질주였던 사랑이 끝난 뒤엔 주먹을 꼭 쥐고 이를 갈았다. 아드리앙이 잘 때 나는 다시 일어났고, 거실에서 팔굽혀 펴기를 해서 기운을 빼보려고 했지만 뜻대로 되지 않았다. 나는 깊은 잠을 갈망했다. 내용이 전혀 기억나지 않는 책을 읽고 다시 읽었다. 책장이 군데군데 접혀 있고 메모도 되어 있었지만, 읽은 책들 중에서 어떤 문장들은 아무리 생각해도 내용이 기억나지 않았다. 아, 그래. 밤마다 광적으로 청소와 정리를 했던 기억이 난다. 바닥을 문질러 닦고, 문손잡이를 소독하고, 분주하게 돌아다니며 내 책과 아드리앙의 책들을 옮겼다. 그러다 보면 거의 오르가즘에 가까운 쾌감을 느꼈다. 수면제 스틸녹스나 로피놀* 대여섯 정이 암페타민과의 대결에서 이겨서 효과를 발휘하는 순간, 깊고 꿈이 없는 잠으로 빠져 들어가는 걸 느끼는 순간, 뜨거운 타르 같은 잠이 내 몸을 남김없이 덮어버리는 순간, 그 순간을 위해서라면 뭐든 다 내

* Rohypnol, 마약의 일종.

줄 수 있을 것 같았다. 그 찰나의 순간, 마치 나는 컴퓨터가 그런 것처럼 사람들에게서 접속이 끊기는 걸 느꼈다. 거의 아침마다 아드리앙은 거실 소파에서 웅크리고 잠든 나를 발견했다. 손에는 고무장갑을 끼고 머리카락에 걸레를 휘감고 있는 나를 보고 그는 웃으며 내가 몽유병자라고, 몽유병에 걸린 꼬마 곰이라고 말하기도 했다.

드물게, 아주 드물게, 옛날 루이즈의 반사 신경을 되찾으면 나는 그에게 물었다. 당신 날 사랑해? 그럼, 내 사랑 꼬마 곰. 당신을 사랑해. 하지만 당신이 아침에 스스로 일어나면 좋겠어. 나는 당신이 내가 아침에 스스로 일어나길 바라지 않으면 좋겠어. 당신이 날 흔들어 깨우면 되지 않아? 그렇게 하지, 꼬마 곰. 하지만 당신이 불평하고, 미친 듯이 화를 내고, 날 때리고, 자게 내버려 두라며 고함을 지르기 때문에 쉽지 않지. 난 약속이 있고, 바쁘고, 할 일이 많은 사람이거든. 우리는 정말로 싸우지는 않았다. 대신 외면하고 달아나고 있었다. 사랑 장애 아니면 수면 장애였던 나는 자신과 진지하게 싸울 시간을 갖지 못했다.

결국 나는 하루에 세 개, 다섯 개, 일곱 개의 연질 캡슐을 삼켰다. 약을 섞었고, 점점 더 자주 먹었다. 그저 일상적인 행동을 기계적으로 하기 위해 다이닌텔 세 정과 서벡터 두 정을 세 시간마다 먹었다. 그렇게 해야 생각

없이 설 수 있고, 샤워하고, 빵을 사고, 다른 사람들과 마주칠 수 있었다. 약을 먹었어도 사람들을 만나면 무서웠다. 약을 먹는 목적이 정상인 척, 안 그런 척 하기 위해서였기 때문에 더욱 그랬다. 슈퍼파워, 통찰력, 지성, 내 머릿속에 든 아빠는 이제 없었다. 더는 찾을 수 없었다. 암페타민은 내게 세계에 대한 문을 열어주었다가 다시 닫아버렸다. 그리고 나는 예전처럼 방해해서 미안하다는 표정을 내내 짓고, 바보 같은 소리를 할까 봐 무서워하고, 아드리앙이 떠날까 봐 겁을 내며 까치발로 살금살금 앞으로 나가야 했다. 변장을 해도 본모습이 감춰지지 않았고, 변장을 하지 않으면 내가 더 이상 존재하지 않았다. 변장을 벗기면 아무도 없다면, 변장이 대체 무슨 소용이었을까?

13

병원에 들어가기 얼마 전 아빠와 나는 식당에 있었다. 늘 만나던 곳이었지만, 1년 전부터 나는 우리의 약속을 점점 더 자주 취소했다. 핑계는 다양했다. 내가 예전처럼 만나면 거짓말을 잘하지 못하니까, 건강이 좋은 척, 예전의 착한 꼬마 루이즈인 척 하기가 점점 더 힘드니까, 잠에서 깨어날 수 없으니까, 아빠와 점심을 같이 한다고 하기만 하면 아드리앙이 난리를 치고, 그의 고함을 받아주기엔 내가 너무 지쳤으니까, 그래서 나는 약속을 취소하고 아빠에게 미안하다고 말하는 편을 택했다. 바빠서요. 타이밍이 안 맞네요. 크리스마스 지나서, 부활절 지나서 식사해요. 그러면서 약속은 계속 잡히지 않았다.

물론 아빠는 괴로워했다. 아빠의 꼬마 루이즈가 왜 멀

어져 가는지 이유를 알 수 없으니. 다행히 아빤 아무 것도 모른다. 내가 나 자신 때문에, 오로지 내 잘못 때문에 어디에 빠져서 허우적대는지 짐작도 하지 못한다. 그건 바로 내가 그렇게 하길 원했기 때문이었다. 그래요, 그렇게 하는 게 잘 하는 거라 믿었어요. 아빠, 엄마, 할머니, 그리고 아드리앙이 나를, 당신들의 루이즈를 자랑스러워하게 하고 싶었거든요. 얘가 얼마나 명랑하고, 활기 넘치고, 예민하고, 똑똑한지 봐. 아침마다 힘이 넘쳐서 일어나는지, 얼마나 일을 열심히 하는지, 재능이 넘치는지, 유능한지 보란 말이야. 그렇게 부끄럼을 많이 타고 소심하더니 이제 다 컸어. 자신감이 넘치잖아. 정말 멋져! 그런 이야기로 남고 싶었기 때문이다.

어쨌든 나는 식당에 갔다. 기분이 좋은 것처럼 보이려고 다이닌텔과 캡타곤을 두 배로 먹었다. 식당에서도 나는 내 눈빛을 계속 확인하려고 홀 뒤쪽 거울 앞에 앉았다. 아빠는 나를 속속들이 알고 있다. 아드리앙보다 더 나를 잘 안다. 그리고 아빠는 암페타민의 지랄 같은 효과에 대해서도 잘 알고 있다. 아빠도 논문이나 책을 빨리 끝내기 위해 가끔 암페타민을 복용하곤 했다. 하지만, 이삼일 그러다가 그만둔다. 아빠는 늘 적당한 시기에 그만 둘 줄 아는 힘이 있다. 아빠는 이제 암페타민을 먹지 않는다. 아니, 암페타민을 혐오한다고 말했던 것 같다. 10년 후쯤

나도 내가 완전히 나은 게 확실해지면, 나는 완전히 나았어요, 라는 말을 아빠에게 들려줄 수 있을까?

하지만 그날 나는 견딜 수 없었다. 약을 걸신들린 듯이 먹고, 관자놀이가 아플 때까지 캡타곤에 빠져들어도 소용없었다. 심장이 요동치고, 팔과 다리가 저릿저릿하고 쥐가 났다. 무엇보다 힘이 하나도 없어서 그 코미디 같은 상황을 견딜 수 없었다. 겁이 났다. 전날 다이닌텔과 캡타곤을 비롯한 모든 암페타민의 약국 판매가 금지될 거란 소식을 들었다. 이제 어떻게 하지? 나는 생각한다. 어떻게 견디지? 약을 끊을 수 있을까? 어떻게 끊지? 예전엔 내가 이렇게 뼛속까지 아프지 않았다. 나는 왜 예전의 나로 돌아갈 노력을 하지 않는 거지? 그저 콜라를 마시고, 얼굴을 붉히고, 약물에 중독되지 않았던, 사람들이 사랑했던 예전의 나로.

아빠는 기분이 좋다. 나를 만나서 기쁜 모양이다. 내 안색이 나쁘다고 생각하지만, 나를 다시 본다는 게 마냥 기쁘다. 아빠가 나를 안으며 묻는다. 우리 얼마만인지 아니? 8개월만이야! 우리 루이즈를 8개월 동안이나 보지 못했구나! 나도 기쁘다. 아빠를 만날 땐 나도 언제나 기쁘다. 하지만 동시에 나는 울고 싶다. 아빠에게 정상으로 보이기 위해, 아무런 낌새도 눈치 채이지 않기 위해, 눈속까지 약에 절어 있다는 걸 들키지 않기 위해, 지금의 나를 견딜 수 없고 예전의 나로 돌아가기 위해서라면 뭐든 다 내놓고 싶은 심정이란 걸 감추기 위해 나는 무진장 노력을 해야 한다.

아빠는 내게 영화를 찍으러 가게 될 멕시코에 대해 이야기했다. 오래 전 아빠는 엄마와 함께 멕시코에 간 적이 있었다. 경이로운 나라야, 라고 아빠가 말한다. 너도 알게 될 거야. 네 동생이랑 이삼 주 정도 와 있으렴. 너희 둘 다 무척 좋아하게 될 거야. 나는 그 말을 들으며 재빨리 이삼 주를 견디려면 약이 얼마나 필요한지 계산한다. 멕시코에서는 여행 가방을 검사할까? 물론 언제나처럼 처방전은 가져갈 거야. 그러니까 법적으로는 아무 문제 없을 거야. 하지만 세관원들이 사람들 다 있는 데서, 아빠가 보는 앞에서 약병을 꺼내면 어쩌지? 생각만 해도 토할 것 같았고, 목 놓아 울고 싶었다.

아빠가 언제나처럼 눈 속 깊숙이 나를 바라본다. 아빠는 뭐든 다 알아낸다. 뭐든 다 보고 알아맞힌다. 인후염에 가려진 슬픔. 걱정이 있다는 뜻으로 살짝 찡그리는 눈썹의 움직임. 아빠는 열네 살 때 내가 프륀과 함께 첫 담배를 피우는 게 아닌지 의심했었다. 우리는 마른 쪽으로 이어지는 구불구불한 도로에서, 아니면 모 근처에 있던 여름 별장에서 입담배를 피웠다. 복 받은 어린 시절, 무책임, 어리광, 꾸지람, 좋은 버릇들의 가호를 받던 시절이었다. 프륀이 골루아즈 담배 연기로 도넛을 만들면서 내게 대뜸 말했다. 너네 아빠 새로 약혼했다던데, 너 아니? 우리 대부님이 말해주더라. 금발의 멕시코 여자라던데. 5개 국어를 할 줄 알고 노래도 잘하고 춤도 잘 춘대. 너네 아빠보다 열 살은 어린데 둘이 굉장히 사랑한다더라. 정말 죽여주게 완벽하고 다리는 이렇게, 눈은 저렇게 생겼대. 그 여자 때문에 우리 청소년기가 완전 엉망이 될 거야!

나는 아빠의 새 약혼녀를 벌써 알고 있었다. 아빠가 바로 얼마 전에 내게 소개해 줬기 때문이다. 나는 이내 우리 둘이 친구가 될 거라고 느꼈고, 그렇게 되면 아주 좋을 거라는 생각을 했다. 하지만 아빠가 약혼한 사실을 프륀이 알고 아무렇게나 빈정거린다는 게 너무도 화가 났다. 그래서 나는 그 자리에서 프륀과 절교하기로 결심했고, 떠나기 전 그 애 담배를 빼앗아 피웠다. 나는 프륀처럼 담배 연기로 도넛을 만들고 싶었지만, 한입 빨자마자 미친 듯이 기침을 하기 시작했다. 저녁식사 시간, 아빠가 내손을 다정하게 감싸 쥐었지만, 나는 본능적으로 손을 잡아 뺐다. 담배를 쥐었던 손이기 때문이다. 비누칠을 해 씻었지만 그 손은 나쁜 손, 죄를 저지른 손이었다. 내 행동을 보며 아빠는 모든 것을 알아차렸다. 루이즈, 너 담배 피웠니? 왜 그랬니? 그게 얼마나 못나고 바보 같은 짓이라는 걸 모르니? 담배를 피우고 술 취한 여자들은 말이다, 너도 알겠지만, 섹시하지가 않아.

하지만 그날 아빠가 예전처럼 내 눈을 똑바로 바라보도록 내버려두면서 내가 생각한 건 그런 문제가 아니었다. 나는 마음속으로 그날의 점심 식사가 내게 주어진 기회라고 생각했다. 아빠에게 보여야한다. 아빠의 시선을 그토록 힘겹게 만드는 작은 생채기들을. 아빠가 알아야 해, 라고 나는 생각했다. 그래, 전략을 완전히 바꾸자. 아빠가 알고 화를 내면서 나를 도와주도록 해야 해. 아빠는 늘 뭐든 제자리에 돌려놓잖아. 예전에 아빠가 말했잖아. 아빠만이 뭐든 정리할 수 있다고. 이제 나는 나를 어쩌지 못해. 아빠 말고는 아무도 할 수 없어. 의사들은 아무 것도 못해. 내가 원하는 대로 처방전을 써 주고 모른 척 하지. 아드리앙은 너무 멀어졌고, 이미 내가 어찌되든 신경 쓰지 않아. 게다가 그는 아직 어린애라 제대로 이해하지도 못해.

나는 약에 절은 눈을 다정한 아빠의 눈에 고정시키며 소리 없이 말했다. 도와줘요, 아빠. 나는 속삭였다. 도와줘요, 아빠. 이 오물 구덩이에서 나를 꺼내 줄 사람은 아빠밖에 없어요. 아빠한테 이야기할 수도 없고, 보지 못한 지도 1년이 되었어요. 아빠의 시선을 피한지는 2년이 되었죠. 그 2년 동안 아빠는 내가 그저 세상의 이치대로 당신에게서 멀어졌다고 믿었죠. 어린아이들이 자라고, 사랑에 빠져서 부모를 잊어버리는 것이라고. 나도 사랑에 빠졌지만 이제 그 사랑도 무너져가고 있어요. 나는 도망쳤어요. 아빠가 결국 알아내게 될 두려움에 짓눌려 있었어요. 하지만 지금은 달라요. 아빠도 알아야 해요. 반드시 알아야 해요. 두 눈 깊숙한 곳에서 나는 아빠에게 소리쳐요. 나예요, 루이즈. 도와줘요. 나는 갇혔어요. 나를 도와 줄, 구해 줄, 여기에서 빼내 줄 사람은 아빠밖에 없어요. 아빠는 뭐든 다 알고, 뭐든 다 제자리에 돌려놓잖아요. 나는 거짓말에 파묻혀 목만 내놓고 있어요. 단 한 번도 거짓말을 하지 않은 양, 나는 아빠한테 거짓말을 해요. 이전엔 사소한 일로 거짓말을 했죠. 너무 사소해서 아빠가 조금만 촉각을 곤두세우면 당황했어요. 그런 거짓말을 하던 때로 돌아갈 수 있다면, 그럴 수 있다면 뭐든 다 바치겠어요. 전혀 중요하지 않은 거짓말, 모든 아이들이 부모들에게 하는 거짓말. 학교 쉰대요. 내가 초콜릿 안 먹었어요. 친구 델핀네 집에서 잘게요. 아뇨, 엄마 회색 캐시미어 스웨터 어디 있는지 나는 몰라요. 고양이가 새로 왔네요? 몰라요. 나는 안 데려왔어요 같은 거짓말. 지금은 내 삶 전체가 거짓말이에요. 오후에 일어나고 아침에 잠에 들 때, 내 삶을 사는 건 내가 아니라 내 거짓말이에요. 나는 이제 거짓 인생을 견딜 수 없어요. 예전으로 돌아가고 싶어요. 제발 도와주세요. 이제 견딜 수 없어요.

그 때 이상한 일이 벌어진다. 아빠는 듣지 않는다. 모든 것을 이해하는 아빠가 나를 바라보지만 이해하지 못한다. 너무 미친 소리라서 그런가. 너무 멀다. 아빠는 내게 그저 피곤해 보인다고 한 마디 한다. 일을 너무 많이 한 건 아니니? 손도 대지 않은 음식을 앞에 두고 나는 울음을 터뜨리고 싶어진다. 내가 울음을 터뜨리면 무슨 안 좋은 일이 있냐고 물어보겠지. 그렇게 물으면 고백해야겠다. 그러면 악몽도 멈추겠지. 그러자 또다시 이상한 일이, 새로운 재앙이 벌어진다. 그건 내 속에서, 내 깊숙한 곳에서 들려오는, 암페타민 때문에 숨이 막힌 가냘픈 목소리이다. 그 목소리는 내게 아빠가 참 즐거워 보인다고 속삭인다. 아빠는 내 앞에 앉아서 멕시코 이야기를 하며 무척 행복해 하고, 내 첫 소설을 무척 자랑스러워한다. 2년 전부터 약에 절어 있는 딸을, 아무 것도 모른 채 자랑스러워한다. 아마 아빠가 알면 굉장히 고통스러워하고 충격을 받으실 것이다. 그토록 많은 빚을 지고 있는데, 그토록 사랑하는데, 이미 너무 많은 걱정을 끼쳤는데, 그런 아빠한테 딸이 쓸모없는 환자라는 사실을 굳이 알려야 할까? 나는 울음을 삼키고 재채기를 토해낸다. 그리고 눈에 먼지가 들어갔다고 말한다. 네, 조금 피곤하네요. 나는 아빠에게 웃어 보이고, 그 웃음 속에 내가 지녀왔던 천진함, 내게 남은 모든 어린 시절을 담는다. 어처구니없게도.

웨이터가 커피를 가져다준다. 나는 주머니에 손을 넣어 다이닌텔 포장재를 만지작거린다. 엄지손톱으로 가만히 캡슐 하나를, 또 하나를, 그리고 또 하나를 꺼낸다. 아빠가 피스타치오 아이스크림이 있는지 묻는다. 물으면서 웨이터를 향해 고개를 든다. 그래, 1초면 충분하다. 약 캡슐을 입 속으로 털어 넣고, 혀 밑으로 집어넣는다. 조금 기다린다. 너무 기다리면 안 된다. 젤라틴 캡슐이 녹아서 가루약이 흘러나오면 쓴 맛 때문에 얼굴이 찡그려지니까. 나는 웃는다. 떨지 않으려고 유리잔을 꽉 쥔다. 콜라 한 모금을, 또 한 모금을 삼킨다. 10분이 지나면 괜찮아질 거야. 1시간 동안은 괜찮을 거야. 1시간 동안은 쾌활하고, 활기차고, 행복한 척 연극을 할 수 있을 거야. 그러면 아빠는 기뻐할 것이다. 내가 건강하다고, 정말 작은 성공을 거두었다고, 젊은 여자들의 꿈이 되었다고 생각할 것이다. 아빠는 내 이마가 아기 때랑 변함이 없다고 말할 것이고, 우리는 언제나처럼 다른 온갖 일들에 대해 이야기할 것이다. 변호사가 되고 싶어 하는 남동생에 대해, 컴퓨터 수업을 받는 할머니에 대해. 그리고는 구역질이 시작되기 전에 우리는 식당을 나설 것이다. 그러면 끝이다. 맙소사! 얼마나 미친 짓인지, 얼마나 실수하고 있는지. 나는 아빠에게서 보기 좋게 도망쳤고, 결국 나 혼자 해결해야 할 것이다.

14

나는 책 한 가득, 파자마 두 벌이 든 여행 가방을 가지고 택시를 타고 병원에 갔다. 아드리앙이 나를 데려다줬다.

정원은 아름다웠고, 간호사들은 엄격하지만 믿을 만해 보였다. 병원 복도를 돌아다니는 트레이닝복을 입은 사람들, 작고 간소한 병실. 〈뻐꾸기 둥지 위로 날아간 새〉의 풍경과는 거리가 멀었다. 그렇다고 클럽 메드 같지도 않았지만, 나는 병원이 썩 괜찮다고 생각했다. 필요하다면 1년, 2년, 아니면 그 이상도 머물 수 있을 것 같았다. 책을 실컷 읽을 것이고, 숨어서 잠들지 않을 것이며, 발랄한 척 하지도 않을 것이고, 하염없이 울 것이다. 이곳에서는 그럴 권리가 있으니까. 그걸 위해 만들어놓은 장소니까. 조용히, 실컷 울기 위해.

어서 가, 내 사랑. 나는 빨리 울고 싶고 싶은 마음이 간절했다. 표정, 감정, 겉모습을 통제할 수 없으면 어떤 일이 일어나는지 빨리 보고 싶었다. 어서 가, 버스 놓치겠어. 나는 새 친구들과 인사를 하려고 널찍한 공동 거실로 가서 앉았다. 나와 함께 테이블 축구게임을 하고 작업치료를 받을 사람들, 강간당한 여자들, 주사를 하도 맞아서 잇몸까지 엉망이 된 채 사람들, 억지로 잡혀 와서도 90도짜리 술을 몰래 마시는 사람들, 나보다 더 심한 약물중독자, 우울증 환자, 알코올 중독자, 전기충격치료를 받는 사람들, 심각한 정신분열증 환자. 그 가운데는 자신들이 왜 거기에 있는지 모르는 사람들 수가 더 많다. 여러 해 있다 보니 자신들이 여기에 오게 된 이유를 잊어버렸기 때문이다.

매일 밤 열 시, 내게 적정량의 트란센이 지급되었다. 나는 어바닐을 리산시아와 섞어 먹는 걸 더 좋아했다. 그러면 환각 효과가 더 높아지기 때문이다. 하지만 병원에서는 트란센을 고집했고, 나는 감히 찍 소리도 못했다. 아침 아홉 시가 되면 문을 똑똑 두드리는 소리가 들렸다. 안녕하세요? 아침 식사예요. 약도 가져왔어요. 에펙사예요. 잠깐만요, 렌즈를 안 껴서요. 괜찮아요. 입을 벌리세요. 그리고 정오가 되면 부스파를 가져다 주었다. 식사

맛있게 하세요. 약 가져왔어요. 알았어요. 아니요, 제가 보는 앞에서 드세요. 나는 나머지 시간에 눈물을 흘리며 작업치료실에서 구슬을 꿰거나, 흐느끼면서 테이블 축구 게임을 하거나, 조그맣게 신음소리를 내며 《엘제 양》* 을 읽었다. 배에 칼로 북북 그은 흉터가 있는 한 잘생긴 젊은 남자의 침대에 누워 〈엑스파일〉을 시청했다. 그는 마음에 드는 사람이었다. 나만큼이나 많이 울었고, 말은 한 마디도 하지 않았다.

그의 크고 새파란 눈은 약간 허무해보였다. 그 눈은 마치 거울처럼 사람들이 원하는 것을 비췄다. 하지만 사람들이 원하는 건 하늘, 아니면 아무 것도 아니었다. 그는 치료를 마쳤지만 집에 돌아가지 않았다. 그를 보면 피에르 외삼촌이 생각났다. 삼촌은 10년 전부터 집 밖 출입을 하지 않는다. 매일 아침 사람들이 삼촌에게 먹을 걸 가져다주고, 삼촌은 먹고 자고를 되풀이 하다가 아주 가끔 옷을 차려 입는다. 컨버터블 자동차를 타고 다니던 렌 출신의 부잣집 아들이었을 때 입던, 금단추가 달린 근사한 블레이저 재킷이었다. 끝내주는 여자들, 찬란하게 빛나던 인생, 늦은 오후 카페 드 라 페의 테라스에 앉아서 보내던 매우 유쾌한 시간들. 하지만 삼촌은 끝내 결정을 내리지 못한다. 아파트 문턱을 넘는 것은 삼촌에게 견딜

* 오스트리아의 소설가이자 극작가인 아르투어 슈니츨러의 소설.

수 없는 고통이다. 결국 삼촌은 나오지 못하고 재킷을 벗어 버리고 다시 잠을 자러 들어간다. 그 젊은 남자 역시 마찬가지였다. 그는 1년 전부터 병원에 눌러앉았고, 결국 강제로 끌어내야 할 것이다. 우리는 함께 있다가 하루는 간호사에게 들켰고, 깜짝 놀란 간호사가 과장 의사에게 고자질해서 각자 다른 층으로 병실을 배정받았다.

아빠가 나를 면회하러 왔다. 첫 면회 때 아빠는 선글라스를 끼고 록 스타처럼 차려 입고 와서 공동 거실에 있던 사람들을 놀라게 했다. 조깅을 하는 환자들, 내 새로운 좀비 친구들 사이에 있으니 아빠는 확실히 튀었다. 아빠는 내가 약하고 조금 의기소침하게 있으니 더 예쁘다고 했다. 내 그런 모습을 좋아한다고, 그렇게 있으니 앞으로 행복해 질 거라고 했다. 아빠는 내가 행복해질 걸 안다고 했다. 내 말이 맞다는 걸 알게 될 게다. 두고 보렴. 나는 결코 잘못 짚는 법이 없어. 내가 착각한 적이 있니? 아뇨, 아니에요. 나는 대답했다. 아빤 결코 착각하지 않아요. 나는 정말로 그렇게 믿고 싶었다. 진심으로 아빠를 안심시키고 싶었다. 내 안에 썩어 문드러진 것은 아무것도 없다고, 나는 여전히 아빠의 꼬마 루이즈라고, 겉만 살짝 닦아내면 된다고, 그저 조금만 정리하면 된다고 말하고 싶었다. 우리는 병원 정원을 오래 산책했다. 아빠는 병원에 들를 때마다 책과 잡지들을 가져다주었다. 그 방법은 효과가 있었다. 책 속의 언어 표현들이 감정을 조금씩 되살아나게 했고, 나는 정상적인 반응을 되찾아가고 있었다. 나는 다시 열심히 책을 읽기 시작했고, 남동생의 소식을 챙겼다. 아주 아주 먼 나라를 오래 여행하다가 돌아온 것 같은 기분. 까마득히 오랫동안 냉동되었다가 깨어나 보니 귀가 깨져 있고, 완전히 모르는 세상으로 돌아온 사람이 된 기분이기도 했다.

할머니도 나를 보러 왔다. 지금은 떠났지만, 병원을 알아봐 준 사람도, 의사와 함께 모든 것을 준비해 준 사람도 할머니였다. 의사는 굉장히 우울한 성격이었지만, 나를 안심시켜주는 친절한 사람이었다. 원래 나는 죽었다는 말 대신 떠났다는 말을 하는 사람들을 끔찍이 싫어했다. 어디로 떠났다는 말인가. 유대인이라고 하면 불쾌감을 줄까 봐 이스라엘인이라고 하는 것도 그랬다. 조심한답시고 한 꺼풀 덮어씌우는 어법이 바보 같고 우습다. 그런데 지금 내가 바보처럼 이야기하고 있다. 떠났다고. 적응하기가 너무 어렵다. 장례식 때 울지는 않았지만, 시간이 갈수록 할머니가 떠났다는 사실이 더욱 슬퍼지고 살아있을 때 모습이 눈에 선하다. 병원에서의 몇 주 동안 할머니는 특유의 심각하지만 쾌활한 웃음을 잃지 않고, 푸근하고 긍정적인 모습으로 내 머리맡을 지켰다. 결국 나를 구원해 준 사람은 할머니였다.

할머니 이름은 디나였다. 할머니 때문에 많은 일들에 웃을 수 있었는데, 할머니가 없으니 이제 다시는 웃지 않을 것이다. 그렇게도 많은 일들을 할머니와 했는데, 할머니가 없으니 이제 안 할 것이다. 스키도 안 탈 것이고, 앙티브 곶까지 헤엄쳐 가지도 않을 것이다. 사진을 찍지 않을 것이고, 엘라 피츠제럴드와 디지 길레스피를 다시는 듣지 않을 것이다.

햇볕이 내리쬐는 날에는 할머니와 맨가슴을 내놓고 선탠을 했다. 할머니는 집에 있는 수영장에서 1년 내내 수영을 했다. 겨울엔 수영장 물 온도가 15도였지만 그래도 할머니는 수영장에 들어갔다. 나는 초콜릿 잼을 바른 빵 조각을 쥐고 수영장 테두리에 앉아 할머니의 발차기 수를 셌다. 100번이 되면 나는 '스톱' 이라고 외쳤고, 내가 쓸모 있는 사람이 되었다는 기분을 느꼈다. 우린 둘 다 씁쓸한 아몬드 맛이 나는 살구 속씨를 무척 좋아했다. 할머니는 그게 독인 것 같다고 했지만, 그랬다면 할머니는 벌써 50년 전에 죽었겠지. 할머니는 독을 무서워하지 않았다. 스스로 죽음에 면역되어 있다고 생각했으니까. 할머니는 아마존에 갔을 때도 니바킨* 약을 먹지 않았다. 자신이 말라리아보다 더 강하다고 생각했으니까. 나

* Nivaquine, 항말라리아제.

는 아프면 그냥 무너져버리는데, 할머니는 아무 것도 겁내지 않았다. 보통은 남자들이 걸리는 고약한 암에 할머니가 걸렸을 때 나는 의사들을 죽어라고 원망했다. 누군가를 미워해야만 했으니까. 평생 담배라곤 피워본 적도 없는 할머니는 너무나 젊고 건강했었다. 열다섯 살 때까지 정말로 심각하게 할머니가 서른일곱 살이라고 믿었을 정도로. 아니 할머니는 내게 평생 변함없이 서른일곱 살이었다. 이분이 너희 할머니시니? 젊어 보이시는데 연세가 어떻게 되시니? 서른일곱 살이요. 사람들이 나를 얼간이로 여겼을지 몰라도 나는 언제나 그렇게 대답했다. 할머니는 매일 왔다. 와서는 나를 데리고 병원이 있는 길 끝에 있는 소피텔에 가서 신선한 우유를 마시게 해주거나, 〈ER〉의 마지막 에피소드 녹화 테이프를 함께 보았다. 할머니와 함께 있으면 나는 거짓말처럼 얌전한 아이가 될 수 있었다.

아드리앙은 병원에 들어간 바로 그 주말에 면회를 왔다. 나는 주말이 되었는지도 몰랐다. 시간은 흐르지도 않는 것처럼 흘러갔다. 일주일이 하루처럼, 아니 하룻밤처럼. 경련과 구역질로 가득 찬 하룻밤. 나는 지독히도 아팠다.

그는 연락도 없이 불쑥 왔다. 초콜릿, 담배, 재떨이, 해시시, 액자에 넣은 자신의 사진, 자신이 잘 나왔다고 믿는 우리 사진, 아르메니아 종이*를 가지고 왔다. 고마워, 고마워. 그가 선물 꾸러미를 푸는 동안 내가 말했다. 선물 보니까 기쁘네. 나는 몸속에 남은 힘을 다해 스피디 곤잘레스**처럼 재빠르게 화장실로 뛰어가서 화장을 했다. 마스카라를 칠하고, 파우더를 바르고, 이런, 다크 서클이 더 두드러져 보이네. 파운데이션을 발라야지. 파운데이션을 안 발랐잖아. 어떻게 내가 파운데이션 바르는 걸 잊어버릴 수가 있지? 나는 거울 앞에서 혼자 울기 시작했다. 그러는 사이 그는 문틈 사이로 다음 일요일에 열릴 중요한 사람들의 만찬에 대해 이야기한다. 그 자리에 특별히 내가 와 주었으면 좋겠다는 말도. 나는 소리치고 싶었다. 그게 가능할 거라고 생각해? 생각해 봐, 내가 나은 것 같니? 실수는 어쩌고, 응? 늘 하는 실수 때문에 경력이 엉망이 된다고 불평하면서. 아니, 아니, 나는 정반대로 소리친다. 실수 안 할 거야. 그래, 그래. 내가 좀 괜찮아지면 갈게. 맙소사, 그러니까 아드리앙은 아직 전혀 모르는 건가? 내가 거의 색전증에 걸릴 지경이 되어서 병원에서 몇 주, 어쩌면 몇 달은 있어야 한다는 걸 전혀 눈치재치 못한 건가? 이게 뭐야, 마스카라가 흘러내리고 있잖아! 이런 상태에서 마스카라를 다시 발라야 한다니.

* 안식향나무에서 추출한 벤조인을 종이에 발라 만든 방향 종이. 태워서 향을 낸다.
** 루니 툰즈의 만화 캐릭터 이름. 줄무늬 고양이 실베스터가 쫓아다니는 남미계 생쥐.

나는 눈을 비빈다. 그리고 뺨에 보기 흉하게 베개 자국이 진 것을 발견한다. 그 부분도 문질러 화장을 지운 다음 파우더를 많이 찍어 다시 바른다. 하지만 파우더는 뭉치고 베개 자국은 여전히 남아있다. 이런 모습을 본다면 그는 나를 떠날 것이다. 이렇게 완전히 엉망이 된 얼굴을 보이게 되다니, 그의 만찬에 나는 다시는 갈 수 없을지도 모른다. 다행히 선글라스를 발견한다. 크지는 않지만 적어도 빨개진 눈을 가릴 수는 있을 것이다. 나는 숨을 가다듬고 침착하고 얌전한 표정을 꾸며낸다. 얼굴을 최대한 가리기 위해 머리를 앞으로 빗은 다음 조심스럽게 화장실에서 나온다.

나는 물론 그를 봐서 기뻤다. 하지만 무슨 이야기를 나눠야 할지 걱정되었다. 나는 이제 아는 게 아무 것도 없다. 세상에 대해서, 우리들의 관계에 대해서, 나 자신에 대해서, 아무 것도 알 수 없고, 관심이 없어진 지 이미 여러 달이 지났다. 대신 조금만 감정이 북받쳐도 눈물이 났다. 내가 우는 걸 아드리앙은 끔찍이 싫어한다. 내가 울면 그는 늘 자신에게 유감이 있어서 그런다고 생각했다. 당신 나한테 왜 이래? 내가 감기에 걸렸을 때도 그는 물었다. 당신 도대체 나한테 왜 이러는 건데? 화장실에 있었던 것은 겨우 5분밖에 안 되는데, 나는 완전히 지쳐

버렸다. 어지럽고 머릿속이 온통 뒤죽박죽이 되어서 침대에 몸을 쭉 펴고 눕는다. 다행히 그는 나를 보지 않고 창문 앞에 서 있다. 그렇게 한 시간쯤 서 있는 동안, 그는 단 한 번도 나를 보지 않았다. 화장을 하지 않아도 상관없었을 것을. 두꺼운 근시 안경을 걸친 코 밑으로 콧물이 줄줄 흘렀다. 나는 생각했다. 우린 무슨 이야기를 나누어야 할까? 그가 갈까 봐 마음이 급하다. 이 사람을 안심시키려면 어떻게 해야 할까? 불안하고 동시에 정신이 몽롱하다. 다이닌텔이 있었으면. 눈앞에 있다면 포장재에 들어있는 알약을 몽땅 삼켜버릴 텐데.

당신을 봐서 기뻐. 그의 목소리가 들렸다. 당신이 무지무지 필요했어. 나 아파, 꼬마 곰. 당신과 이야기를 나누고 싶었고, 당신이 나를 위로해 주었으면 했어. 그는 말하고, 또 말하기 시작했다. 너무 많은 이야기를 해서 그도 암페타민을 먹은 게 아닌지 의심될 정도로. 하지만 아니다. 그는 단지 흥분했을 뿐이다. 그는 이런 상황이 굉장히 마음에 드는지도 모른다. 병실 안을 서성이며 쉴 새 없이 말하는 그는 마치 혼란을 겪고 있는 주인공을 연기하는 배우 같다. 그는 하나의 이야기를 하다가 정반대의 이야기를 한다. 후회해도 아무 의미가 없다고 말하면서도, 우리가 아이를 가졌어야 했다고 말한다. 담배를 끊고 싶지만, 그건 나를 떠나는 것과 같은 것일 거라고 한다. 사는 게 불행하지만 삶을 사랑한다고 한다. 내가 내 고양이와 꼭 닮았지만, 자기는 개가 더 좋다고 한다. 소설을 한 권 쓸 것이고, 돈을 옆에 쌓아놓을 것이며, 교수 자격시험을 다시 봐서 통과할 것이고, 《아돌프》*를 다시 읽을 것이라고 한다. 자기가 아돌프와 많이 닮았다고 한다. 나는 말한다. 아니야! 그런가? 아, 정말 좋은 생각이야! 어머머 당신 정말로 그렇게 생각해? 그는 계속 이야기한다. 집에서 내게 자기의 개똥철학을 늘어놓을 때처럼 좁은 방을 왔다갔다 걸어 다니고, 담배를 미친 듯이 빽빽 빨아대고, 손으로 머리를 쓸어 넘기고, 손목시계를 쳐다본 다음 더 격렬하게 말을 시작한다. 자신이 왜 마르크시즘과 신자유주의 사이에서 주저하는지, 자신의 논문은 틀린 데가 하나도 없고, 그래서 쓰기가 고통스럽다고, 몇 가지 기억 때문에 괴롭다고, 슬프고 울적하다고 말한다. 당신 알지? 지도교수 그 여자가 나를 잡아먹어, 나를 들볶아, 라고 말한다. 지성적인 사람에게 불가능한 일은 없다고, 프랑스는 확실히 지루한 나라라고 말한다. 내가 이렇게 평온하게 있는 걸 보니 마음이 좋지만, 자신은 외로움을 느낀다고, 너무 외로워서 죽을 것 같다고 말한다.

내가 여기 있잖아. 눈물이 맺힌 그를 보고 적지 않게

* 프랑스의 정치가이자 소설가인 벤자맹 콩스탕이 1815년에 발표한 자전체 소설.

감동을 먹은 내가 말한다. 그를 꼭 안아주고 싶다는 생각을 한다. 눈 밑에 파우더가 뭉치지만 않았다면, 두 팔이 납을 매달아놓은 것처럼 무겁지만 않았다면. 내가 여기 있잖아. 빨리 돌아갈게. 두고 봐, 여기 사람들이 나를 다시 건강하게 만들어 줄 테니까. 그리고 이번에는 내가 울고 싶어진다. 내가 하는 말이 꼭 10년 전 약물 치료를 받던 엄마가 내게 했던 말이었기 때문이다. 하지만 아드리앙은 내 말을 듣지 않는다. 내가 울고 있는 것도 알아차리지 못한다. 그는 여전히 나를 보고 있지 않다. 내 쪽으로 눈길을 줄 때도 유심히 보지 않는다. 그는 그저 자기를 봐 줄 사람이 필요할 뿐이다. 아니면 침대에 꼼짝 않고 누워있는 내가 아주 편할 뿐이다. 그래서 그는 더 열을 올린다. 신경이나 정신 쪽 문제가 딱 질색이라고, 자기도 슬픔을 겪지만 적어도 이유는 안다고 말한다. 문득 웃음이 나오려고 한다. 그러면 나도 그런 식으로 말해야 하나? 나도 내가 왜 슬픈지 이유를 안다고, 그에게 억지로 이런 병원에 면회를 오게 해서 미안하다고, 이런 미치광이 같은 삶을 보게 해서, 신경 발작과 질투로 난리치는 꼴까지 보게 해서 슬프다고 말해야 하나? 하지만 나는 아무 말도 할 수 없다. 머릿속이 온통 뒤죽박죽이다. 생각들이 하나씩 차례로 빠르게 사라지고 입이 바짝 마른다. 결국 중요한 건 내가 아니라 아드리앙 그 자신뿐이라는 걸, 그의 아버지, 그 부자 간을 연결하는 미스터리, 서로 닮은 두 사람의 삶, 그들이 달고 다니는 지성과 열정이라는 걸 알게 된다. 그래서 나는 그가 혼자 떠들게 내버려둔다. 아픈 사람은 나지만, 정작 이야기를 귀 기울여 들어줘야 할 사람은 아드리앙이다.

그는 정말이지 끝도 없이 이야기한다. 불면증 때문에 꼼짝도 못하겠다고, 현실을 이해할 때는 언제나 데카르트적인 원칙을 견지해야한다, 거실 커튼을 바꿔야 할 거라고, 2등석을 타고 여행하는 게 지겹다고 이야기한다. 그러다 나한테 오렌지를 하나 까 달라고도 하고, 내가 보기엔 자기가 간호사들에게 어떤 인상을 준 것 같느냐고도 한다. 또 그러다 불쑥 의사를 만나러 가서 묻는다. 제 아내에게 정확히 어떤 약을 줬는지 알고 싶군요. 그리고는 다시 돌아와서 이야기하기 시작한다. 결국 나는 듣기를 그만둔다. 단어 하나, 문장 하나가 이따금 귀에 들어올 뿐이다. 신경쇠약증상이 나타나서……멋진 타입……우주 정복……재키 찬……세상을 집어삼키는……방어막이 찢어지는……스완 오데트 샤를뤼스 아가트 고다르……더러운 손톱……방법적 회의……떳떳치 못한 욕망……입 속의 재……. 이제 나는 자는 척 하기로 한다. 내가 깨어났을 때, 그는 이미 가고 없고 밤이 되어 있었다. 떠나면서 침대 위에 작은 메모 하나를 남겼다. 사랑이 가득 찬 다정한 메모였다. 우리가 서로 이야기를 나눌 수 있었을 때, 우리가 서로 이해했을 때, 내가 아직 약물에 중독되지 않았을 때, 그가 이토록 자만심이 넘치지 않았을 때, 그 시절을 닮은.

아드리앙은 가끔 면회를 왔다. 모두 넉 달이 걸렸다. 내가 다시 완전히 새로 태어나기까지, 자리에서 일어나고 잠드는 일 이상의 것을 필요로 하기까지, 내 몸이 강해지기까지, 겁쟁이였던 예전의 나보다 훨씬 강해지기까지, 그 정도의 시간이 필요했다. 넉 달 동안, 아드리앙은 친절하게도 노는 토요일에는 어김없이 면회를 왔다. 그러나 그 때 나는 알았다. 우리 사이엔 뭔가가 망가져있다는 걸, 어쩌면 이제 '우리 사이'라는 건 없다는 걸, 모든 것이 예전 같지 않을 거라는 걸. 그 때 나는 내 병의 다른 이름이 아드리앙이라는 걸 알았다.

15

당신 뭘 기대하는 거야? 나는 그에게 말했다. 나를 떠나는 게 쉬울 거라고 생각해? 당신이 그렇게 하도록 내가 그냥 놔 둘 것 같아? 액자를 땅에 던졌다. 유리가 산산조각 났지만, 그것으로 성에 차지 않았다. 나는 침대로 뛰어올라가서 사진을 찢어버렸다. 그가 몹시 좋아한다던, 예쁘지만 조금은 우스운 결혼사진이었다.

그는 나를 떠난다는 사실보다 찢어진 사진 때문에 더 슬퍼하는 것처럼 보였다. 사진이라면 언제나 사족을 못 쓰는 사람이었다. 가끔 나는 그가 무언가를 아끼는 게 단지 언젠가 그것을 사진으로 보기 위해서일 거라고 생각할 정도로 사진만큼 무서운 게 없다는 생각을 했다. 행복해 보이는 아름다운 사진만큼 위선적인 게 없다고. 앞으로 닥칠 불행이 잔뜩 들어있지만, 시치미를 뚝 떼고 잘 감추고 있는 것 같은. 나는 그가 나를 떠나는 게 내게 일어날 수 있는 가장 나은 일이라는 걸 아직 몰랐다. 어떻게 알 수 있었겠는가. 그때까지 그는 내 삶의 전부였고, 그가 없이 나는 존재할 수 없다고 생각했는데.

그날 저녁 그는 새 운동화를 신고 있었다. 새 운동화를 신고 침대에 누워 있었다. 처음 나는 그가 운동화가 마음에 들어서 그러는 줄 알았다. 운동화를 감상하고 내가 감탄해주기를 바라서인 줄 알았다. 아니었다. 그는 뛰쳐나가고 싶었던 것이다. 영원히. 나는 물었다. 운동화를 왜 안 벗어? 그 신발 멋지긴 하지만 지금은 새벽 두 시야. 그가 말했다. 당신한테 할 얘기가 있어. 그래? 무슨 얘기?

당신 기억 나? '좋아, 우리 이야기 좀 해야겠어.' 하는 사람들 말이야. 평소에 우린 그런 사람들 비웃었잖아. 그는 새 운동화를 신은 채 침대에 누워 내게 말했다. 응, 그런데? 지금 우리 이야기 좀 해야겠거든. 바보 같은 소리지만 이야기를 해야 해. 그는 턱을 덜덜 떨고 있었다. 그는 형편없는 점수를 받은 학생처럼, 자기 아버지에게 대들고 싸웠을 때처럼 행동했다. 나는 벌써 눈물이 그렁그렁한 눈으로, 아주 조그만 소리로 그에게 묻는다. 이야기해. 그러자 그가 망설인다. 어서, 어서 말 해! 나는 그의 곁에서 갑자기 벌떡 일어나며 소리친다. 나는 알아차렸지만, 알아차렸다는 사실이 몸서리나게 싫었다. 말 해, 말 하라고! 그는 기침을 하고 담배를 한 대 꺼내 불을 찾았다. 불을 찾지 못하자 담배를 다시 내려놓았다. 그는 조금씩 말을 더듬고 있었다. 지난주에 당신이……초록색 원피스를……당신도 알지?……그 옷 입으면 길거리에 있는 사람들이 다 돌아보는 거……그럴 때마다 나는 무척 자랑스러워. 그런데, 당신이 내게, 이제 끝났다고, 당신이 다 나았다고 했지. 괜찮다고, 정말로 괜찮아서 사랑도 할 수 있을 거라고 했지. 내가 당신을 떠나는 게 더는 무섭지 않다고 했어. 기억 나? 나는 생각한다. 그럼, 기억하지. 그날 나는 내가 무척 강해졌다는 걸 그에게 말하고 싶었지. 나는 암페타민을 끊은 지 1년이 되었고, 그의 비밀 일기를 더는 읽지 않았다. 잠꼬대도 하지 않았고, 그가 나를 떠난다고 해도 겁나지 않았다. 어쩌면 그건 좋은 소식일 수 있었다. 삶이 좀 더 가벼워질 수도 있기 때문에. 그러나 나는 대답하지 않는다. 내가 알아차려가고 있는 중인 사실을 예기치 않은 순간 확인하게 된 데서 오는 충격, 그것이 아팠기 때문이다. 그가 말을 잇는다. 나 떠날래. 그래, 나 갈 거야. 그게 내가 당신한테 하고 싶은 말이었어.

왜? 나는 그에게 묻고 싶었다. 하지만 나는 아무 것도 묻지 않는다. 단 한 마디도 할 수가 없다. 그래서 침대로 뛰어올라가 사진을 던진다. 그를 떠나는 건 언제나 나였다. 그는 길에서 내 뒤를 따라 달려온다. 그게 우리의 장난이다. 우리는 주먹질을 하고 발길질을 하며 싸운다. 서로 온몸에 상처를 입히고, 멍 자국과 혹을 잔뜩 남긴다. 하지만 그건 장난이었다. 그러나 방금 그가 내뱉은 말은 장난이 아니다. 나는 그를 때리고 싶은 마음이 전혀 없다. 나는 얼이 빠져서 두 팔을 힘없이 늘어뜨린 채 침대에 다시 주저앉는다. 그런 순간에서조차 그는 내 머리를 살짝 쓰다듬으며 나한테 다정하게 대하려고 애쓴다. 이해가 되지 않아 나는 그저 그의 눈을 바라볼 뿐이다. 떠난다고, 어디로, 왜? 그가 떠난다. 그게 다다.

아드리앙은, 어찌됐든 좋은 사람이라고 나는 생각한다. 그는 다정하고 착한 사람이라고. 그는 내게 끊임없이 전화한다. 내게 무엇인가를 설명하고 싶어 하고, 떠났지만 내가 여전히 자기 전화를 받으며 그 자리에 있길 바란다. 그는 잘 생겨서 여자들한테 인기도 많다. 가끔 그는 단지 여자들이 자기를 보고 어떤 반응을 보이는지 확인하려고 내 사무실에 들르곤 했다. 눈길이 자기 쪽으로 쏠리는지, 내 친구들이 뭐라고 말하는지 보려고. 예전에 나는 친구들과 내기를 했다. 아드리앙이 거울 앞을 지나갈 때 자기 모습을 보지 않고 지나갈 때가 있을까 하는 내기였다. 그는 단 한 번도 거울을 보지 않고 지나간 적이 없었다. 그는 또 무척 약하고 어린애 같다. 바로 이것이, 내가 이해하는 그를 규정짓는 가장 결정적인 특징이었다. 그가 나쁜 짓을 저지른다면 그건 성질이 못돼서가 아니라 어린애 같아서이다. 그는 늘 어른이 되기 위해, 아니면 이미 어른이 되었다는 것을 입증하기 위해 사는 것 같았다. 나는 그가 그로 인해 모든 것을 망쳤다고, 거머리 같은 여자의 노예가 되었다고, 자기 인생을 허공에 날려버렸다고 생각한다. 그는 단지 자기 아버지를 이기기 위해서 사는 것 같았다. 자신의 아버지와 내 아버지. 그가 집착하고 그를 괴롭히던, 한없이 열등감을 심어주던 그 모든 아버지들의 반열에 오르기 위해 그는 공부하고, 분주하고, 떠들고, 들뜨고 했던 것이다. 그가 말한 적이 있었다. 어렸을 때 매일 미친 듯이 팔굽혀펴기를 했다고. 팔굽혀펴기를 해서 키가 충분히 자라고 힘이 세져서 자기 어머니의 두 번째 남편의 얼굴을 갈겨버릴 순간을 생각했다고. 지금도 마찬가지다. 그가 자기 아버지의 애인이었던 파울라와 함께 있는 것도 어쩌면 마찬가지일 것이다. 아버지에게, 세상 사람들에게 자신도 그들만큼 크다는 것을 보여주기 위해, 자신도 뇌쇄적인 눈빛을 가진 여자와 사귈 수 있다는 것을 보여주기 위해서가 아닐까.

불쌍한 아드리앙. 바보 같은 자기 함정에 빠지다니.

그는 풀쩍 뛸 것이다. 자신은 어린아이가 아니라고. 지금 자신은 충만하고 행복하다고. 그렇다 치자. 그들은 사랑을 강탈하지 않았고, 그들은 행복하고, 그들은 정말 서로 사랑한다고 해두자. 그가 나를 떠나 그 여자와 함께 행복한 걸 상상하니 마음이 아프냐고? 아니. 이제는 아니다. 멍청하기 짝이 없는 이 남자는 날 찾아와서 자기 삶과 정신 상태를 주절주절 늘어놓는다. 마치 자기 불행과 내 불행을 연결시킬 다리를 찾는 것처럼. 나는 아니다. 그러고 싶지 않다. 과거에 매달려 있는 것은 내가 아니다. 과거에 머물러 있는 것은 오히려 아드리앙이다. 그는 나를 감동시킬 거라고 믿으면서 내게 우리의 과거를 이야기한다. 내가 관심 없어 하면 그는 짜증을 부리고 화를 낸다. 아니면 주먹을 꽉 쥐거나 아픈 척 하는데, 그러고 있는 걸 보면 이번엔 내가 더 화가 난다. 나는 이혼한 게 아니라 과부가 된 것 같은 기분이 든다. 우리가 함께 만든 아이를 원하지 않았던 남자. 그래. 아드리앙은 아이를 원한 것이 아니었다. 물론 그는 어른이란 걸 입증하기 위해 아이를 필요로 할 것이다. 그러나 그의 꼬마 곰인 나를 통해서는 아니었던 것이다. 무책임하게도 우리는 아이를 함께 만들었고, 함께 죽였다. 그와 함께 우리가 함께 했던 모든 것은 죽었다. 그는 내 속에 있던 모든 것,

그의 것이었던 모든 것을 가지고 떠났다. 그리하여 빈 봉투, 나는 빈 봉투가 되었다.

아무 것도 남지 않았다. 아니, 담배가 남았다. 내가 담배를 피우게 된 것 또한 아드리앙 덕분이다. 나는 그가 피우는 담배 냄새를 견뎌 보려고 처음 담배를 입에 댔다. 처음 담배를 배웠을 때 나는 연기를 삼키지 않았다. 검지와 중지 사이에 어색하게 담배를 끼운 채 입담배를 피웠다. 엄마는 내게 담배는 왼손으로 잡는 거라고 말했다. 당연히 왼손이지. 혹시 누가 손에 입을 맞출지도 모르니까. 오른손에서는 늘 좋은 향기가 나야 하는 거야. 엄마는 그렇게 말했다. 엄마는 망가짐과 우아함 사이를 여전히 오가는군. 그렇지. 엄마 부모님들은 손에 입맞춤하던 시대에 속하는 분들이다. 부르타뉴의 우아하고도 피츠제럴드 풍의 젊은 시골 귀족들은 화가 나서 미치기 전에는 왼손으로 담배를 피웠나 보지?

내가 아는 한, 그분들 역시 미치광이 기질이 있었고 낙오자였다. 외할머니는 애인이 많았고 외할아버지는 괴짜였다. 어렸을 때 아빠가 말해 준 적이 있다. 너희 외할아버지, 외할머니는 모라스주의* 신봉자들이시란다.

* 프랑스의 시인, 평론가, 정치가인 샤를 모라스(1868-1952)가 주장한 정치이념. 왕정주의와 국가주의를 골자로 함.

하지만 그분들은 마지막 히피들이시지도 하지. 그러나 그 히피 할아버지는 외손녀인 내게 짐짓 화난 표정을 지으며 당신은 히피가 아니라 의사라고 강조했다.

할아버지 히피 맞잖아요? 아냐, 루이즈. 절대로 아니야. 그리고는 근엄한 보수주의자의 얼굴로 내게 의학에서 우파와 좌파의 차이에 대해 설명해 주었고, 당신이 사회보장제도를 얼마나 반대하는지 열변을 토했다. 가난한 사람들을 무료로 치료해줘야 하는 것은 의사가 알아서 할 일이지 국가가 해서는 안 되기 때문이라는 것이 주장의 요지였다. 너도 셀린* 읽었잖아, 그렇지?

어쨌든 나는 지금 담배가 너무 좋다. 떠나간 아드리앙보다. 그가 가지고 가버린 지나간 시간들보다. 한때는 너무 진지하게 담배를 피워서 남자친구들이 나를 보고 웃었지. 나는 노련하게 담배를 피우는 사람들의 손동작과 그들의 무관심, 무례함을 연구했었다. 거울 앞에서 그들의 동작을 흉내 내면서. 연기를 내뿜을 때는 입을 너무 동그랗게 오므리지 말고, 아무 것도 보지 않고 듣지도 말아야 한다. 효과가 꽤 좋았다. 시간이 얼마 지나지 않아, 사람들이 내가 담배꽁초를 입에 물고 태어났다고 생각할 정도가 되었으니. 한 대를 채 다 피우기도 전에 곧바

* Céline, Louis-Ferdinand, 프랑스의 소설가(1894~1961). 반체제, 반유대주의 입장을 견지하면서 반역적(反逆的)이고 풍자적인 소설을 발표하였다. 작품으로 『밤의 종말에의 여행』 등이 있다.

로 다음 담배에 불을 붙였고, 택시 안에서, 영화관에서, 병원에서, 비행기 좌석 밑에 숨어서 손부채질을 해 가며 담배를 피워댔다. 학교에서, 침대에서, 욕조에서, 휴일에도, 할머니 장례식 때도 담배를 피웠다. 담배를 피우면 수명이 단축된다고? 맞다. 하지만 삶을 살아도 수명이 단축된다. 잠을 너무 많이 자도, 사랑하지 않아도, 마음이 바짝 말라도, 눈물을 참아도 그렇다. 그래, 우리는 여기까지 왔다. 그가 내게 남겨준 건 오로지 담배뿐이다. 담배를 끊으면 내게 무엇이 남을까?

16

끔찍한 건 우리가 서로 할 말이 아무 것도 없다는 것이었다. 저번 날도 그랬다. 우리는 사람이 북적대는 카페에서 우연히 만났다. 뭐 좋다. 상관없다. 당신이 다른 카페를 찾아주면 좋겠다는 말은 하지 않았다. 우연이니까. 우리는 그냥 그 카페에 앉았다. 문이 가깝고, 바람 잘 통하는 자리, 사람들이 화장실 갈 때 지나가는 계단 밑 자리였다. 당신 뭐 마실래? 커피. 당신은? 맥주.

당신은 내게 말한다. 파울라와 당신에 대해, 파울라의 전 애인들에 대해, 당신과 파울라의 전 애인들에 대해. 파울라가 낳은 당신의 아들과, 당신 논문과, 당신의 새 아파트와, 당신의 다음 책과, 당신의 라디오 방송 프로그램에 대해. 예전처럼 당신은 쉴 새 없이 혼자 말한다. 모든 걸 더럽히는 더러운 파파라치들. 그놈들이 우릴 뒤쫓고, 우리 삶을 망쳐. 내가 무엇 때문에 그놈들 얼굴을 갈겨주지 않는지 나도 모르겠어. 그러나 그것들은 그저 말일 뿐이다. 물방울처럼 둥근 말. 차갑긴 하지만 심술궂지 않은, 그래서 더 공허한, 더는 나를 어쩌지 못하는 말. 더는 우리 것이 아닌 일상의 말. 더는 일상을 닮지 않은 물방울 같은 말. 참으로 지겨운.

나는 아드리앙이 싫증났다. 오랫동안 서로 보지 못하다가 만나서 잠깐 시간이 흘렀을 뿐인데도 말이다. 나는 생각한다. 그러나 그것조차 당신은 눈치 채면 안 돼. 나는 그저 아, 맞아, 아, 그래, 어머 설마? 하면서 열심히 맞장구 쳐준다. 그러면 당신은 내가 재미있어서 그러는 줄 알고 더 신나게, 열을 내며 아무개 장관과 모 배우에 대해서 늘어놓는다. 파울라 덕분에 그 두 사람과 친한 사이가 되었다며 내게 아주 자랑스럽게 이야기한다. 예전에는 함께 조롱했던 그런 중요인사들과 어깨를 나란히 한다고 즐거워하는 당신이 우습지만, 그러나 나는 웃지 않는다. 대신 그것이 어쩌면 지극히 아드리앙다운 것인지도 모른다는 생각을 한다. 새로운 몸짓도, 담배 연기를 내뿜을 때마다 강박적으로 이를 드러내 보이는 습관도, 눈을 크게 뜨고 주위를 두리번거리는 버릇도. 그런데 그 새로운 버릇은 어디서 들인 거야? 누구한테 훔친 거야?

제발이니 돌려 줘. 빨리 돌려 줘. 예전 같으면 누가 우리 앞에서 그런 짓을 했으면 배를 잡고 웃었을 그런 속물 같은 행동들 말이야. 아, 어쩔 수 없지. 이제 그것도 상관없어. 더는 우리가 아니지. 우리는 이제 없어. 그때 당신이 내게 말한다.

"당신은 자유로워."

"응?"

이게 또 무슨 엉뚱한 수작이냐 싶을 때 당신이 다시 말한다.

"나는 자유로워. 우리는 자유로워. 당신은 자유로워."

"……"

"나는 당신의 스무 살을 온통 차지했지만, 이제 당신에게 속해 있지 않아. 당신도 내 스무 살을 온통 차지했지만 이제 내게 속해 있지 않잖아."

"그건 그렇지."

"그래. 당신은 당신 아버지한테도 속해 있지 않아. 당신은 이제 누구에게도 속해 있지 않아."

세상에, 아니야, 착각하지 마. 아니, 그 따위 말 다시는 반복하지 마. 당신은 언제나 내 아빠가 어쩌고 하며, 나와 아빠의 관계에 대한 얘기밖에 할 줄 몰랐지. 내가 아빠로부터 어떻게 하면 자유로워질 수 있는지, 당신이 나를 얼마나 도와줄 건지, 그것이 마치 당신이 자신에게 부여한 일종의 임무라도 되는 것처럼 이야기했지. 아드리앙, 당신은 마치 내 인생에서 아빠를 떼어놓으라는 임무를 하느님에게 받은 것처럼 굴었지. 나는 기억한다. 때때로 말도 안 되는 말을 툭툭 내뱉고, 유도 질문을 하고, 말 속에 신랄한 가시를 숨겨서 나를 혼란시키고, 내 심각한 의존상태를 인정하게 하려고 집요하게 주절대는 당신의 모습을. 어느 날 저녁, 텔레비전에서 〈엄마와 창녀〉* 라는 영화를 볼 때 당신이 보여준 어떤 광기도. 그날 당신은 영화를 보다가 별안간 벌떡 일어나서 텔레비전을 끄고는 못마땅하다는 듯 나를 똑바로 쏘아보며 말했지.

"나는 네가 이 영화를 왜 좋아하는지 알지."

당신은 내가 당신의 고양이를 창문 밖으로 던져버렸을 때와 똑같은 공격적인 말투로 계속 쏘아붙였지.

"이 영화에 나오는 레오를 좋아하기 때문이야. 너네 아버지랑 분신처럼 똑같이 생겼잖아."

"모르겠는데. 어쩌면 아마 그럴지도. 하지만 지금 하는 말 하나도 우습지 않아. 대체 무슨 말이 하고 싶은 거야?"

"너는 단지 네 아버지 때문에 이 영화를 좋아하는 거야. 그게 다야. 그게 내가 하고 싶은 말이야. 내 생각엔 그것만으로 충분히 화가 나."

---

* 장 외스타슈 감독, 1973년 작.

그리고는 당신은 밖으로 나가버렸지.

질투 때문이었을까? 물론 처음엔 나도 그렇게 생각했지. 당신이 나와 아빠의 관계를 질투한다고 여기고 참 바보 같다고 생각했지. 나는 세상의 모든 딸들이 자기 아빠를 사랑하는 것처럼 내 아빠를 사랑할 뿐이었어. 그래, 좋아. 내가 지나치게 아빠를 많이 사랑한다 치자. 그래서 어떻단 말이지? 나는 알아. 당신은 나와 아빠의 관계를 질투한 것이 아니라, 아빠 자체를 질투했다는 걸. 수탉들의 서열 다툼, 남자들끼리의 경쟁, 인생, 성공, 유명세 어쩌고 하는 것들. 그런 것들이 당신에게는 유일한 관심이었던 거지. 그래서 당신은 끊임없이 물었던 거지. 당신 아버지는 내 나이 때 뭘 하셨어? 그 후에는 뭘 하셨어? 그리고 나는, 나는, 나는? 지구상에 존재하는 수십억의 여자들 중에서 자기 걸로 삼고 싶은 여자를 발견하자 자기 아버지에게서 애인을 빼앗는 남자, 아버지의 애인이기 때문에 더 충동을 느끼는 남자, 아버지의 애인을 빼앗음으로써 아버지를 극복했다고 착각하는 남자, 지금 나는 그런 남자와 마주앉아 있는 거야.

당신이 나를 본다. 나의 대답을, 반응을 기다린다. 아닐지도 모른다. 당신은 그저 어디로, 어떻게 떨어지는지를 보려고 그 말들을 내뱉는지 모른다. 그런데 그 말들은 땅에 떨어진다. 떨어져서 납작해진다. 나는 당신에게 아니라고, 나는 그렇게 생각하지 않는다고 말할 수도 있었다. 무엇으로부터 자유롭다는 건가? 배신으로부터? 속는 것으로부터? 하지만 나는 말하고 싶지 않다. 말들을 다시 붙잡지 않는다. 그저 당신의 당황한 모습과 이제 예전의 당신을 닮지 않은 낯설고 우스꽝스러운 몸짓을 바라 볼 뿐이다.

그래도 당신은 쉬지 않고 얘기한다. 턱수염 사이로 혼자 웅얼거리는 당신을 보며 문득 깨닫는다. 아, 당신은 예전엔 콧수염만 길렀었지. 그냥 시간이 가져다 준 변화겠지. 그런데 시간이 흘렀는데도 당신은 아직도 여전히 내 아빠에 대해, 당신이 내 아빠에게 보낸 편지에 대해 중얼거리고 있다. 내가 당신 편지를 읽었을까, 읽고 싶을까, 궁금해 하는 얼굴로. 당신은 내 아빠에게 막말로 가득 찬 편지를 보내 놓고 퍽 자랑스러워하는 것 같았지만, 한편으로 내가 아무런 관심이 없는 걸 보고 놀란다. 그래서 당신은 그걸 수습하기 위해 또 말한다.

"당신도 알겠지만, 사실 우리는 모두 혼자야. 혼자서 독수리들과 맞서 싸우지. 독수리들을 조심해, 루이즈. 인간의 얼굴을 한 독수리들을."

당신 정말 지긋지긋하고 역겹군. 구제받을 수 없는 속물. 아빠의 책이름* 까지 패러디해서 자신의 열등감을 드러내면서 그걸 마치 거창한 철학인양 둘러대는 모습이 불쌍하기까지 해. 하지만 나는 이번에도 분노와 욕지기를 동시에 참았다. 예전에 나는 당신을 욕할 수 있었다. 당신을 사랑할 수 있었으니까. 그러나 이제 당신을 욕하지 않겠다. 너무도 당연하게, 사랑이 없으니까.

당신도 기억나겠지? 무슬림 여학생들의 두건 착용 문제를 놓고 우리가 격렬하게 싸웠던 저녁. 그때 파울라도 그 자리에 있었지. 당신 아버지에게서 당신으로 넘어가는 시기. 밤에는 당신 아버지와 같이 자고, 낮에는 당신을 만나던 곡예의 시기. 그 무렵 이미 당신은 그 여자를 마음에 두고 있었고, 나도 그걸 느꼈지만 애써 참았어. 당신이 바닷가에서 그 여자와 웃고 있는 모습이, 혹은 그 여자에게 귓속말을 하는 모습이 눈에 띄었을 때 분노를 삭이며 속으로 생각했지. 저 여자는 터미네이터야. 그이가 저 여자는 여자가 아니라 터미네이터라고 했어. 터미네이터한테 질투하진 않을 거야. 포르크롤 가의 당신 아버지 집이었고, 여름이었어. 소리를 지르며 격렬하게 싸우다 내가 밖으로 뛰쳐나갔어도, 이상하게 그날은 당신이 나를 찾으러 나오지 않았지. 아마 그녀가 거기 있었고, 그녀에게 자신감이 있는 척 꾸미고 싶었기 때문이었

* 베르나르 앙리 레비가 약관 서른의 나이에 쓴 책 〈인간의 얼굴을 한 야만〉. 이 책으로 레비는 새로운 철학적 조류의 기수가 되었다.

을 거야. 밤이 되었고, 당신이 잔뜩 흥분해서 그녀와 함께 부엌에 있는 모습을 나는 멀리서 지켜보았어. 아무 것도 의심하지 않던 당신 아버지와 다른 사람들도 함께 있었지만, 당신들은 기분이 좋아 보였어. 나란 사람은 완전히 잊어버린 채 말이야. 나는 배가 고프고 무서웠고 서러워서 욕이 나왔어. 개자식, 개자식.

당신, 말해 봐, 당신은 어때? 화제를 돌리며 당신이 물었다. 나? 무슨 말을 하라고? 당신은 파블로랑 싸워? 아니, 싸운 적은 없어. 아, 그렇구나. 우리는, 파울라랑 나는 늘 치고받고 싸워. 멋지네. 당신이 나를 쳐다본다. 그리고 갑자기 겁에 질린 듯한 표정으로 내게 말한다. 새로 떠오르는 중요인사가 된 양 거들먹거리는 태도보다 그런 표정이 차라리 더 좋다. 나 머리가 빠지기 시작했어. 당신은 앞머리를 들어 올리며 내게 보여준다. 나는 당신에게 무슨 말을 해 주어야 할지 몰라 아무렇게나 말한다. 당신한테 잘 어울려. 귀여워. 당신은 날 보며 웃는다. 어쩌면 나를 보며 웃는 것이 아닐지도 모른다. 당신은 슬픈 미소를 짓는다. 눈을 가느스름하게 뜨니 눈 주위에 거미다리 같은 주름이 진다. 당신은 늙었다. 스물일곱 살인데 벌써 늙었다.

당신에게 눈을 고정시키며 나는 당신을 예전의 눈으

로 바라보려고 애쓴다. 이전보다 마른 얼굴이 더 뾰족해진 인상이다. 당신의 코를 본다. 당신은 늘 자신의 코가 흑인 코라고 했었지. 사실 나는 흑인이야. 흑인의 피가 흐르고. 이것 봐, 콧구멍이 수직이 아니라 수평이야. 내 손가락이 기억하는 콧등의 감촉. 그런데 그냥 밋밋하고 건조하다. 한순간 당신이 멀게 느껴진다. 그 거리는 당신도 어쩔 수 없다. 시간이 지날수록 내 목소리에도, 당신의 목소리에도 그 거리가 작동한다. 잘 지내? 그래. 재미는 보고 있는 거야? 그래. 파블로는 어때? 파블로 이야기 좀 해 보지? 이런, 이번엔 묻지 않을 수 없다. 당신한테 무슨 이야길 해? 내가 무슨 이야기를 해 주면 좋겠는데? 당신이 대답한다. 몰라. 모르겠어. 내가 정말로 그 이야기를 해 주길 바라는 거야? 당신은 죄책감을 느낄 때 늘 그러듯 혀를 차며 내게 말한다. 좋아. 그러면 우리 친구하자. 우리 그냥 친구하면 좋겠어. 그렇게 하자. 나는 대답한다. 싫어. 그건 너무 편리한 변신이고, 부도덕함을 감추는 편법이기도 해. 말도 안 돼. 당신은 동의하지 않고 반박하며 파울라와 그녀의 전 애인들 이야기를 꺼낸다. 파울라는 계속 이전 애인들을 만나. 이 대목에서 나는 큰 소리로 웃을 뻔 했다. 이봐, 그 여자는 달리 어떻게 할 수가 없잖아? 그 여잔 온 세상 남자들과 다 잤는걸. 속마음은 이렇게 말하고 싶었다. 하지만 나는 당신에게, 아마 파울라는 그들을 모두 사랑하진 않았나보지, 라고만 한다. 그래도 나는 당신과 그냥 얼굴만 아는 사이가 아니야. 당신은 우연히 마주쳐서 커피 한 잔 하는 사람이 아니란 말이야. 나는 당신을 위해서 사람도 죽일 수 있어. 당신을 위해서라면 내 목숨을 던질 수도 있어. 감동적인 대사가 예기치 않은 순간 튀어나온다. 그러나 당신도, 나도, 얼굴에 감동의 그림자가 어른거리지 않는다. 우린 둘 다 그 말이 가슴이 아니라 그저 머릿속에서 튀어나온 문장이라는 걸 잘 알기 때문이다. 분명한 것은, 그런 말은 그렇게 건방진 태도로, 억양도 기복도 없는 무덤덤한 목소리로 하는 것이 아니라는 거다.

"아니지. 물론 당신은 나랑 그냥 얼굴만 아는 사이가 아니지."

"우린 더 자주 봐야 해. 내가 당신한테 이야기를 해야 하거든."

"무슨 이야기?"

"나도 몰라. 그냥 이야기."

"우린 자유로워. 당신이 그랬잖아. 우린 자유롭다고. 그러니까 우리는 아무 것도 서로 말하지 않을 자유가 있다고. 나는 당신한테 할 말이 아무 것도 없어."

"하지만 어쨌든 난 아직 안 죽었어!"

'안 죽었다' 는 말을 할 때 그의 표정은 처음으로 비장해 졌다. 당신은 자기가 죽었다는 생각만으로도 정말 미칠 것 같고 불쌍하다는 마음이 드는 모양이군.

"아니야, 당신은 죽었어."

"아니야. 나야, 나라고, 아드리앙이야!"

"아니야. 당신이 아니야."

"아니야, 나야! 나는 변하지 않았어."

옆 테이블에 앉아 있던 사람들은 이제 다 자리를 떴고 지금은 젊은 여자 하나만 건너편 자리에 앉아 있다. 이 카페. 당신과 내가 앉아 있는 이 카페. 여기서 우린 많이도 싸웠고, 많은 약속을 했다. 우리가 아직 키스도 하지 않았을 때, 당신은 테이블 아래로 내 무릎을 잡았었지. 그러나 그 모든 기억에도 불구하고 이곳은 이제 그냥 카페일 뿐이다. 모든 것은 변했고, 이제는 떠나야 할 시간이다.

17

카펫과 새 책상이 마음에 든다. 파블로와 함께 세느 강변 벼룩시장에 화초를 사러 가는 길에 우리는 이것들을 샀다. 파블로는 안목이 있다. 안목이 있는 사람과 사는 건 참 좋다. 모든 일이 쉬워지고 경쾌해지니까. 원하는 걸 정확히 알고, 그것을 향해 똑바로 돌진하는 것. 마치 단번에 인생에 적응한 것이나 마찬가지다.

우리는 개도 한 마리 키울 뻔 했다. 눈이 크고 촉촉한 아주 귀여운 작은 개였다. 하지만 이미 나에겐 세 마리의 고양이가 있었다. 대신 우리는 여러 개의 화분과 거름을 샀다. 식물을 심고, 꺾꽂이를 하고, 단순하면서도 복잡한 일들을 일상 속에 수도 없이 많이 만들어가기 시작했다. 이전에는 내가 알지 못했던 것들, 파블로와 함께이기 때문에 할 수 있는 일들. 추억도, 망상도 없이, 우리는 메꽃 씨를 뿌리고, 여름 라벤더와 겨울 라벤더, 재스민, 네잎 클로버를 심었다. 이 식물 이름들을 아는 건 아빠 친구 루이 아저씨 덕분이다. 정원 가꾸기의 대가인 아저씨는 식물 이름이라면 모르는 게 없었다. 아저씨는 내 얼굴만 보고서도 상황을 금세 이해했었다. 무척이나 아팠을 때 나는 아저씨의 이야기를 듣고 나무에게 말을 걸어본 적이 있었다. 그때의 느낌을 말로 표현하기란 쉽지 않다. 다만 아드리앙과 나, 늘 징징거리고 변덕이 심한 그런 삶의 호흡과는 다른 숨결을 느끼며 위로받았던 기억만큼은 분명히 남아 있다.

파블로는 삶과 씨름을 한다. 그는 모든 것과 치열하게 싸우고, 그에게 모든 것은 도전이다. 사람들은 삶을 치열하게 껴안고 만끽하는 이들과, 영혼의 조그만 상처를 치료하는 데 시간을 다 보내는 불구자들, 이 둘로 나뉜다. 비행기나 투우장의 자리를 예약하는 것, 컴퓨터를 사는 것, 전기회사에 전화하는 것, 시나리오를 읽는 것, 집필하는 것, 형편없는 뚱뚱한 영화감독을 쫓아내는 것, 지켜야할 무엇인가가 있을 때 기어이 다른 역할을 승낙하는 것, 파블로는 그 모든 일들을 자신이 반드시 해야 할 순간에 해낸다. 잔꾀를 부리거나 다른 사람들을 난처하게 하지도 않는다. 그를 무척 좋아했던 할머니가 말했다. 파블로는 꾼이 아니야. 그는 가만히 폼만 잡지 않고 행동에 나선다. 할머니는 또 이런 말도 했다. 행동에 나서는 건, 폼만 잡는 것의 반대말이지. 파블로는 고개를 낮추고 덤벼든다. 그는 황소 같아서 가끔은 표적을 다른 데로 돌려줘야 한다. 벽을 표적 삼아 달려들면 안 되니까.

나는 파블로와 함께 달리는 게 정말 좋다. 파블로에게는 영원히 지속되는 투우 같은 면이 있다. 그는 황소와 투우사라는 대립되는 양면을 한 몸에 동시에 지니고 있다. 그는 자신도, 인생도, 다른 사람들도, 자신에게 상처를 주는 것도, 자신을 막는 그 어떤 것도 두려워하지 않는다. 겁내지 않고 앞으로 돌진한다. 파블로와 함께 있으면 미래가 바로 지금이다. 그는 항상 말한다. 중요한 건 달리는 거야. 출발선에서 생각을 너무 많이 하면 삶을 망치게 돼. 나중에 생각할 시간은 많아. 우리가 질 때, 더는 달릴 수 없을 때, 생각은 그 때 하면 돼. 동시에 그에겐 시간을 아낄 줄 알고 허풍 떨지 않는 사람들이 갖고 있는 에너지가 있다. 그는 심장의 고동에 맞춰 달리는데 그 심장은 때로 예고 없이, 갑자기 리듬을 바꾼다. 순식간에 생겨나는 긴장과 집중. 예전에 나는 갑작스러운 변화를 좋아하지 않았고, 예측 가능한 반복적인 일상 속에서만 맴돌았다. 하지만 나는 지금 그의 깜짝 선물에 적응해가고 있다. 그가 만드는 궤도이탈을 선선히 받아들인다. 그는 말한다. 시간이 없어. 힘들어 할 시간이 없어. 슬퍼하거나 두려워 할 시간이 없어. 위험은 지나갔어. 당신 알겠어? 우리는 가까스로 위험에서 벗어났고, 이제 다 지난 일이 되었어. 과거는 무시하자고 했다. 과거는 그저 뒤에서 우리를 뒤따라올 뿐이다. 지금 내게 암페타민은 파블로다.

파블로와 나는 지금 빈털터리다. 우리가 처음 만났을 때도 그는 돈이 없었고, 나도 이혼 이후로 돈이 없었다. 그렇다고 이전엔 달랐냐면 그것도 아니다. 아드리앙은 내 처지를 알면서도 내가 자신에게 빚을 졌다며 돈을 모두 내놓으라고 했고, 나는 우리가 그런 지경에까지 이른 사실이 너무 슬펐다. 그런데 왜 그는 멈추지 않았을까. 왜 계속 돈 얘기를 했을까? 한 번쯤은 알아서 살아야 할 때가 됐다고 생각하며 아빠의 지원을 끊은 지도 제법 된 시절이었다. 나한테 너무 잘해주지 마, 아빠. 어렸을 때 나는 아빠에게 말했었다. 아빠는 내게 선물을 넘치도록 많이 주었다. 미안함 때문이었을 것이다. 아빠는 장난감을 천장까지 닿을 정도로 사주었고, 아네스 베 매장의 옷들을 싹쓸이해 왔고, 프낙*을 강탈이라도 한 듯 어린 나

* 프랑스의 대형 서점.

의 책꽂이를 넘치게 했다. 친구인 유명 디자이너에게 데려가서 온갖 예쁜 옷들을 입어보게 한 날부터 나는 입버릇처럼 아빠에게 말했다. 나한테 너무 잘해주지 마. 어느 날 아빠가 말했다. 그렇다면 좋아, 그만 할게. 그 뒤부터는 무언가 늘 어긋나기 일쑤였다. 나는 이제 교육이 필요한 어린 나이가 아니었고, 경제적인 도움이 절실할 때가 있다. 그럴 때 하필이면 아빠는 이런 식의 말을 하곤 했다. 루이즈, 아빠는 네게 지나치게 잘해주지 않기로 했어.

우리가 얼마나 가난한지 알게 되자 파블로가 내게 말했다. 당신 참치 파스타 알아? 내가 만들어줄게. 당신도 맛있게 먹을 거야. 참치랑 파스타만 있으면 되지. 부자들은 자기들이 뭘 잃어버리고 사는지 모른다니까. 그리고는 그가 돈을 많이 벌어 왔을 때 우리는 친구들을 잔뜩 초대해서 트뤼프 리조또를 해 먹고 아주 좋은 와인을 사 마셨다. 가난뱅이들은 부자가 될 수밖에 없어. 내가 그렇잖아. 파블로가 말한다. 아니다. 가난뱅이가 모두 부자가 될 턱도 없고, 그가 부자가 되었던 것도 아니다. 바로 그 다음 달 그는 또다시 빈털터리가 되어 나를 데리고 국철을 이용해 믈룅에 있는 친구들 집으로 갔다. 파블로와 함께 하는 인생이 이렇다. 갑작스러우면서도 한편으론 굉장히 세심하다. 그는 결코 징징거리지 않고, 더 잘하려고 하고, 정말 그렇게 한다. 인생은 움직임이고, 춤이고, 온

탕과 냉탕을 오가는 것이다. 미지근한 중간은 없다. 그래도 가끔 나는 말한다. 그만, 옆구리가 결려. 조금만 기다려 줘. 그는 기다린다. 발을 동동 구르며 딴 짓을 하지만, 어쨌든 기다린다. 나는 이제 꼬마 곰이 아닌 것이다.

그가 옆에 없는 시간엔, 나는 수영장에 있는 것이 좋았다. 나는 거의 매일 지하철을 타고 수영장에 갔다. 미지근한 수영장 물은 언제나 편안했다. 물의 애무에 온몸을 맡기고 오래 수영을 하고 있으면 음악이 들려왔다. 물속에서 나오면 힘이 빠졌지만, 나는 힘을 내어 매트 위를 달리거나 계단을 무작정 올라갔다. 이전엔 하루에 암페타민 열두 알을 먹었는데, 지금은 운동을 세 시간이나 지속할 수 있는 나. 담배가 너무 피우고 싶어서 억지로 약을 끊었지만, 지금의 나는 담배가 정말 피고 싶을 때 샤워를 한다.

파블로는 내 속의 텅 빈 공간을 속속들이 알지는 못해도 그것을 느끼고 있다. 그래서 자기 세계 안으로 나를 끌어들이려 부단히 노력한다. 이리 와, 이리 와. 당신을 내가 데리고 가고 싶어. 내 세계로 들어와, 루이즈. 당신 시골 좋아해? 나는 주저 없이 아니라고 대답한다. 그래도 그는 포기하지 않고 말한다. 괜찮아. 보면 알 테니까. 우리는 말이 떨어지기가 무섭게 곧바로 아를로 떠난다.

나는 장화와 비옷, 《카라마조프의 형제들》을 챙기고, 아스피베닌*을 산다. 시골에 대해 생각하면 나는 늘 버섯 따기, 비, 진흙탕, 뱀, 지루함이 떠오른다. 우리는 기차를 타고 간다. 건조한 풍경이 모로코와 비슷하다. 나는 왜 부츠를 샀을까 생각한다. 그래도 상관없다. 내 마음에 드니까. 차창 밖으로 보이는 풍경이 사랑스러워서 기분이 좋다. 그렇다. 나 같은 사연을 지닌 사람은 뭐든 다시 잘 배우는 게 중요하다. 사랑하기, 웃기, 나가기, 이 모든 것을 다시 잘 배워야 한다. 크게 화상을 입은 사람, 몸이 마비된 사람, 히치콕 영화에 나오는, 기억을 몽땅 다시 만들어야 하는 기억상실증 환자처럼 말이다. 나는 이제 시골은 단지 정물이 아니라, 소떼를 보고, 말을 타고, 동네 식당에서 고래고래 노래를 부르는 곳이라는 걸 안다. 파블로와 함께라면 시골도 좋다는 걸 마침내 안다. 인생은 기차를 타는 것, 연노랑 스웨터를 입는 것, 부엌 식탁에서 밥을 먹는 것, 나를 인내하며 기다려주는 남자의 품에 안겨 잠드는 것이 될 수도 있다는 걸 안다.

그는 지금 당장 카마르그에 집을 사고 싶어 한다. 그곳에서 지금 당장 우리의 아이를 갖자고 한다. 나는 이제 놀라지도, 당황하지도 않는다. 나는 내 안의 고요에서 답을 찾으려 한다. 나는 귀를 기울인다. 주의 깊게 듣는다.

* Aspivenin, 독을 빨아들이는 펌프 모양의 기구.

어이! 거기 안에 누구 없어요? 웬 남자가 당신에게 함께 아이를 갖자고 하네요. 지금, 당장! 내 안에선 아무 소리도 들리지 않고 여전히 텅 비어있다. 나는 완전히 낫지 않았다. 그래서 나는 파블로에게 조금만 두고 보자고 한다. 뭘 두고 봐? 그냥 두고 보자고. 나는 그가 내일이면, 아니 잠깐만 지나면 아이 생각을 하지 않을 거라고 생각한다. 그는 무엇보다 지금 이 순간의 것들을 원하고, 이 순간은 지나면 과거가 된다는 걸 알기 때문에. 하지만 이번엔 내가 틀렸다. 다음 날, 그는 카마르그의 집은 잊었지만, 아이는 잊지 않았다.

18

아이. 그가 아이를 원한다. 나에게서. 누군가의 전처인 나에게서. 이제는 치마를 입지 않고, 립스틱도 바르지 않고, 예쁜 구두도 신지 않고, 목걸이도, 팔찌도, 여자들의 징표인 액세서리도 걸치지 않는 나에게서. 7년 전 내 속에서 아이가 죽은 후부터 생리가 끊긴 나에게서.

자, 준비 됐나요? 의사가 내게 말했다. 나는 대답하지 않고 웃어보였다. 내 웃음을 보며 의사는 자신이 원하는 답을 선택했다. 그는 내가 준비되었다고 대답한 줄 알고 있었지만, 사실 나는 아무 것도 몰랐다. 나는 아드리앙이 원하던 걸 원했다. 의사가 배에 주사바늘을 꽂아 넣자 배가 아주 빠르게 부풀어 오르기 시작했다. 10분이 지나니

9개월 된 임산부만큼이나 배가 커져 있었다. 아기를 낳을 준비가 된 배. 하지만 죽은 아기를 낳을 배. 옆방에서는 갓난아이들의 울음소리가 들려왔고, 약간은 역겹고 시큼한, 젖 냄새와 토한 냄새가 함께 풍겨왔다.

초음파 검사를 하던 의사가 알려준다. 예쁜 왕자님이네요. 그는 우리가 알고 싶어 하지 않는다는 걸 알고 있었다. 무사마귀나 점, 낭종을 제거할 때처럼 모호하게, 의학적으로, 그저 하나의 절차로 남겨둬야 한다는 걸 직업상으로도 잘 알고 있어야 했다. 그것은, 내 배 속에 있던 그것은 존재하지 말아야 했고, 무사마귀나 점, 낭종 외에는 아무 것도 아니어야 했다. 그런데 그 의사는 뻔뻔스럽게도 우리에게 말했다. 화면에 떠오른 흐릿한 회색 영상을 보여주며, 그것은 예쁜 왕자님이라고 했다. 우리는 화면이 아니라 천장을 보았고, 서로 눈길조차 주지 않았다.

우리는 원하지 않았다. 우리는 너무 어리다고, 둘이 한목소리로 말했다. 사실은 그의 목소리였지만, 나는 석연치 않음을 감추고 그와 같은 목소리를 내고 있었다. 나는 소설을 막 출간한 상태였고, 아직은 알아야 할, 준비해야 할 것들이 많다고 막연히 믿고 있었다. 스무 살. 엄마가 나를 임신했을 때와 같은 나이였다. 엄마는 나를 포기하지 않았지만, 나는 너무 간단히 포기했다. 아드리앙은 아이를 원하지 않았다. 우린, 아직 시간이 있어. 그가 말했다. 무슨 시간? 서로 더 이상 사랑하지 않게 될 시간, 헤어질 시간, 떠날 시간, 다른 여자랑 아이를 만들 시간, 그 아이에게 우리가 함께 지은 이름을 갖다 바칠 시간? 그 때 나는 약에 중독되지도 않았을 때였고, 내 속은 아직 텅 비지도, 흔들리지도 않았을 때였다.

의사는 아이의 태아사진들을 담은 파일을 우리에게 건네주었다. 바로 그 나쁜 의사였다. 다른 사진들은 결코 갖지 못할 우리 아이, 우리가 쓰레기통에 던져버릴 우리 아이. 시술 의사가 내 배에 주사바늘을 꽂아 넣었다. 임신 5개월이 되도록 아무 것도 몰랐던 우둔한 여자에게. 다른 의사는 등에 경막외마취 주사라는 걸 놓았다. 몽롱해지기 시작했다. 이상한 무감각 상태에 빠져 있었던 시간. 주사를 맞아도 다시 꺼질 줄 모르는 망할 놈의 배를 떠안고 있었던 내 인생의 24시간. 하지만 기억나는 게 아무 것도 없다. 아니다. 수시로 와서 딱딱한 표정으로 배 상태를 점검하던 간호사의 얼굴. 시간마다 와서 아기가 죽었는지 안 죽었는지를 확인하던 의사의 발걸음 소리. 그리고 옆방에서 "나 죽어요, 나 죽어" 하며 소리소리 지르던 산모의 목소리는 기억난다. 아니, 아니다. 또 한 가지 생생히 기억난다. 천장으로 애매한 눈길을 돌리던 아드리앙의 얼굴.

내가 임신했다는 걸 알아차리는 데는 너무 긴 시간이 걸렸다. 살이 쪄서 뱃살 빠지는 약을 먹고 복부 운동을 했는데, 어느 날 보니 가슴도 엄마처럼 커져 있었다. 나는 철없이 새로 커진 가슴을 자랑스러워했다. 첫 소설이 출간되자 사진을 찍으려던 홍보 담당자가 말했다. 그게 더 좋아요. 내 커다란 가슴이? 옷은 모조리 몸에 꽉 끼었고, 뺨도 어린애처럼 통통해서 스무 살보다 훨씬 어려 보였다.

아기처럼 볼록 나온 내 배를 쓰다듬으며 아드리앙이 말했다. 당신은 팜므 파탈인 척 하지만 배는 아직 아기 같아. 나는 웃었지만, 조금씩 불안해 지기 시작했다. 배가 너무 나온 것 같지 않아? 아니, 당신의 가슴이 나는 좋은 걸. 아드리앙은 이런 식이었다. 나는 침술사를 찾아갔다. 그는 내게 변기에 피가 보이진 않느냐고 묻고는 몸 여기저기에 침을 놓았다. 어디에 뭐가 보였냐고요? 아니에요, 아무 것도 보지 못했어요. 다음으로 찾아간 의사는 총 같이 생긴 도구로 내 귓속에 스테이플러 침 같은 걸 박아 주었다. 폭식증을 가라앉히기 위해서라고 했다. 나는 의사에게 말했다. 저는 폭식증 환자가 아니에요. 그래요? 어쨌든 500프랑입니다. 다음으로 찾아간 것은 최면술 치료사였다. 당신은 배가 고프지 않습니다. 편안한 기분을 느낍니다. 당신은 이제 기름지고 단 음식을 보면 입맛이 떨어집니다. 600프랑입니다. 치료를 받고 나오면서 나는 치즈 파니니와 초콜릿 빵을 샀다. 그리고 티셔츠 위로 볼록 나온 배를 보며 생각했다. 최면술 치료사 실력이 고작 이거야?

베르나르 피보* 씨가 진행하는 텔레비전 프로그램에 나갔을 때, 나는 분장하면서 토했다. 다들 긴장해서 그렇다고 생각했고, 나 역시 그렇게 생각했다. 내 불편한 속을 알 리 없는 피보 씨가 질문했다. 아버지가 유명한 작가인데 왜 필명을 쓰지 않았냐고. 성이 피보라면 바꿀 수 있겠지만, 레비이면 바꿀 수 없지요. 레비가 내 성이에요. 여러분이 받아들이세요. 프로그램이 끝나자마자 나는 화장실로 달려가서 다시 한 번 더 토했다. 아직도 긴장하고 있나? 사람들이 말했다. 루이즈는 감수성이 참 예민해.

피곤했다. 평소보다 훨씬 더 피곤해서 결국 나는 좀 더 그럴듯한 병원의 의사를 찾아가보기로 했다. 피곤하고 살이 쪘어요. 왜 그런지 설명 좀 해 주시겠어요? 내가 묻자 의사가 말했다. 티브이에서 환자분을 봤어요. 성에 대해서 강하게, 아주 강하게 이야기하시더군요. 유대인 공동체가** 잊지 못할 거예요. 그렇게 말하며 의사는 식

* 프랑스의 유명 출판 평론가로 공영TV의 독서 프로그램 진행자.
** '레비(Lévy)' 라는 성은 유대인계 성이다.

욕억제제인 이조메리드, 원기를 북돋아 주는 구론산, 불쾌한 맛을 흡수하는 탕약을 처방해주었다. 약을 먹으니까 정말 식욕이 싹 가셨고, 구론산도 만족스러웠다. 처방이 잘 들으려면 탕약도 먹어야 해요. 의사가 한 말이었다. 효험이 있어 여기저기 붙은 살은 매우 빨리 빠졌지만, 그래도 배와 가슴은 그대로였다.

다시 찾아갔을 때 의사는 비로소 처음으로 내게 피임약을 복용하느냐고 물었다. 아뇨. 제 약혼자는 아이를 가질 수 없는 몸이거든요. 약혼자분은 유대인인가요? 나는 대답했다. 그래요. 그게 무슨 관계가 있는지는 모르겠네요. 약혼자분이 유대인이고, 아이를 가질 수 없다는 거죠. 그게 확실한 건가요? 전 모르겠어요. 그이가 저한테 자신은 아이를 가질 수 없다고 했고, 그게 다예요. 환자분은 어떠세요? 생리가 규칙적인가요? 아뇨, 물론 아니에요. 단 한 번도 생리가 규칙적인 적이 없었어요. 나오고 싶을 때 나와요. 가끔 매달 할 때도 있고 아닐 때도 있고요. 요즘은요? 요즘은 안 해요. 얼마 동안 안 하셨어요? 모르겠어요, 오랫동안 안 한 것 같아요. 그러면 산부인과 진찰을 받으셔야 해요. 왜요? 그렇게 살이 찌시는 걸 보니 어쩌면 호르몬 불균형일 수도 있거든요. 산부인과 선생님이 검사하실 거예요. 피 검사도 하시고요. 그리고 산부인과 검진은 6개월에 한 번씩은 받으셔야 한답니다. 나는 알겠다고 하고는 엉뚱하게도 정골의사를 찾아갔다. 그는 내 배 위쪽으로 오랫동안 추를 흔들면서 관찰한 후에 말했다. 아미노전이효소 결함이 느껴지네요. 아, 그렇군요. 제가 어떻게 해야 하죠? 아무 것도 하실 건 없습니다. 700프랑입니다.

나는 결국 처음으로 산부인과 의사를 찾아가기로 하고 약속을 잡았다. 의사는 내게 옷을 벗으라고 했다. 티셔츠는 입어도 될까요? 아뇨, 먼저 가슴을 볼게요. 그런 다음 입으세요. 아, 가슴이 무척 커졌군요. 의사가 말한다. 네, 그래서 좋아요. 나는 얼굴을 붉히며 대답하고는 티셔츠를 다시 입는다. 의사가 묘한 표정으로 나를 바라보더니 말한다. 이제 진찰을 할게요. 나는 치마와 구두, 팬티를 벗고 끔찍한 산부인과 의자에 무릎을 붙이고 앉는다. 의사는 아무 말도 하지 않고 그저 내 배만 뚫어져라 바라본다. 5분이 흐른다. 그런 뒤 그녀는 내게 남자친구가 있느냐고 묻는다. 네, 우린 곧 결혼할 거예요. 그러면 잘 들으세요. 임신하신 것 같네요. 진찰을 해 봐야 정확히 알겠지만, 5개월인 걸로 짐작이 가요.

임신이라니. 나는 공포에 질려 숨도 참으면서 진찰을 받았다. 진찰이 끝나자마자 나는 따지듯 말했다. 말도 안 돼요. 아무런 낌새도 못 챘는데 임신 5개월이라니요. 의사가 대답했다. 정말이에요. 거의 가능한 일이 아니죠. 이 일을 30년 해 오지만 환자분 같은 경우는 처음 봤으니까요. 나는 숨까지 헐떡이며 말했다. 아뇨, 제가 말씀드리고 싶은 건 그게 아니라요, 그 사람이 내게 늘 자기는 불임이라고 했기 때문에 있을 수 없는 일이라는 거예요. 어이없는 표정으로 의사가 반문했다. 그분은 어떻게 알았대요? 저도 모르겠어요. 하지만 그 사람은 알겠죠. 그 말을 하면서 가끔 울기까지 했으니까요. 그럼 가서 울지 말라고 하세요. 환자분은 엄마가 될 거고, 그분은 아빠가 될 거니까 울지 말라고요. 말도 안 돼요. 나는 옷을 다시 입으며 중얼거렸다. 그 사람은 지금 교수자격시험을 준비 중이라서 전혀 달가워하지 않을 거란 말이에요.

정말이었다. 아드리앙은 자기가 불임이 아니라는 사실에는 기뻐했지만, 넉 달 후에 아이 아빠가 될 거라는 사실은 전혀 달가워하지 않았다. 한편으론, 자신은 아이를 가질 수 없다고, 이미 무용지물이 된 주장을 혼자 말처럼 중얼거리고, 다른 한편으론 확신에 찬 사람처럼 오로지 교수자격시험이 중요하다고 외친다. 문제는 5개월 된 아기는 낙태할 수 없다는 현실이었다. 스위스에서도, 영국에서도, 달에서조차 그것은 불가능한 일이었다. 하루는 아드리앙이 마치 목욕탕에서 중요한 진리를 발견하고 뛰쳐나온 아르키메데스처럼 흥분한 얼굴로 내게 달려와 말했다. 이제 됐어, 방법을 찾았어, 어머니가 도와주셨지. 아드리앙이 찾아낸 의사는 자기 어머니의 친구의 친구의 친구라고 했다. 아드리앙이 자상한 교사처럼 내게 설명했다. 의사 선생님이 아주 잘 이해해 주셨어. 교수자격시험 때문에 지금이 때가 아니라는 걸 말이야. 그래서 치료적 낙태 원칙을 허용해 주셨어. 내가 물었다. 치료적 낙태란 게 뭐야? 어머니가 될 수 없는 정신질환자들이나 잘못 형성된 태아들에 대해서 중절수술을 하는 거지. 아, 그래. 사진에는 태아가 무척 건강해 보였는데? 하지만 나는 선택할 수 없었다. 고집을 피우지도 않았다. 나를 병원으로 데려간 아드리앙은 의사에게 위험이 있는지, 나중에 아이를 또 가질 수 있는지 묻는다. 그럼요, 물론이죠. 그렇다면 좋아요. 우리가 대답한다. 그러면 1주일 후로 약속을 잡지요. 그렇게 해서 우리는 아이를 지웠고 아드리앙은 시험에서 떨어졌다.

그 이후로 나는 피임약을 매일 먹었다. 정말 매일. 생리를 하려면 약을 끊어야 하는 날이 올 때까지. 이후 나는 7년 동안 생리를 하지 않았다. 7년 동안 나는 내가 누구인지, 내가 왜 그래야 하는지를 따지지도 않고 피임약을 삼켰다. 그러니까 아이가 태어났으면 이제 7살. 이름은 오렐리앙이었을 것이다.

19

파블로와 내가 서로 알게 된지 한 달이 조금 넘었을 무렵의 일이다. 그는 내게 파에나*, 물레타**, 데스카벨로***, 리디아****, 마노 아 마노*****, 도밍후인******, 오르도네즈******* 크리스티앙 데데********, 자크 뒤랑********* 등 투우와 관련된 단어나 인물들에 대해 끊임없이 이야기했다. 멀리서 들려오는 듯한 그의 이야기가 귀에 들어오지 않을 때면 나는 그를 바라본다. 짙어

* faena, 투우의 최종 단계. 투우사의 기술을 과시하기 위해 죽기 직전의 소를 여러 번 찌르는 일.
** muleta, 투우사가 사용하는 막대에 매단 붉은 천.
*** descabello, 소를 죽일 때 찌르는 창.
**** lidia, 투우에 나오는 소의 혈통.
***** mano a mano, 두 투우사가 교대로 싸우는 투우.
****** Luis Miguel Dominguin, 투우사.
******* Antonio Ordonez, 투우사.
******** Christian Dedet, 프랑스 작가이자 의사.
********* Jacques Durand, 프랑스 작가.

진 동공, 화난 듯한 남자다운 턱, 떨리기 시작하는 코. 그렇다 이제 확실히 기억난다. 배에서 처음 만났을 때도 그는 내게 투우 이야기를 했던 것 같다. 허리를 잘록하게 집어넣고, 영화 〈시계태엽 오렌지〉의 주인공처럼 눈을 홉뜨며 투우사 흉내를 냈었다. 토로(toro)! 토로! 수건을 흔들면서.

어느 날 아침, 하늘이 아직 새벽 놀에 물들어 있을 때, 그가 깊은 잠에 빠진 나를 깨워 벽장에서 작은 여행 가방을 내려 들려준다. 비몽사몽간에 가방을 챙긴 나를 그는 택시에 태우고, 우리는 오를리 공항에 도착한다. 이상한 일이었다. 그건 아주 오래 전부터 계획된 일 같은 느낌이 들어서 나는 아무 것도 묻지 않았다.

비행기 안에서 나는 꾸벅꾸벅 졸면서 일본 소설 《코인로커 베이비스》를 읽었다. 어렸을 때 코인로커에 버림받은 소년들이 나중 도쿄를 파괴하려 계획한다는 것을 내용으로 하는, 엄마가 내게 최고라고 극찬했던 소설이다. 파블로는 훨씬 폼 나는 《하드리아누스 황제의 회상록》*을 끝냈다. 나는 조금 질투가 났다. 책을 바꾸자고 해 보지만, 그는 그럴 생각이 없다. 나중에, 나중에. 두 시간 후, 우리는 마드리드에 도착해서 여행 가방을 숙소로 예

* 마르그리트 유르스나르의 소설.

약해 둔 호텔에 놓아둔다. 이 호텔은 옛날에는 매음굴이었다고 한다. 천장에는 거울이 붙어 있고 회반죽을 바른 기둥이 방 가운데 여럿 있었다. 5분 후, 우리는 잠깐 씻을 시간도 없이 방에서 나와 택시를 다시 잡아타고 원형경기장으로 향한다. 호텔방에서 노닥거리려고 마드리드까지 온 게 아닌 게 확실했다.

아름다운 라스벤타스 거리, 열광하는 사람들. 파블로는 무척 흥분하여 거의 감동의 도가니에 빠졌고, 나 역시 머리끝에서 발끝까지 끊임없이 짜릿한 전율이 흐르는 걸 느낀다. 나는 그에게 몸을 붙이고, 돋아나기 시작하는 그의 수염과 관자놀이 주변의 파란 정맥, 그리고 그의 손에 입 맞추었다. 거리를 휩싸고 있는 도취감, 먼지, 햇빛에 이렇게 내 몸을 맡겨도 될까? 이렇게 계속 나아가도, 실망하고 되돌아서지 않아도 될까? 나는 파블로를 바라본다. 과거와는 다른 어떤 새로운 긴장과 희열이 기다리고 있을 것 같은 예감. 나는 그저 그의 전율을 잘 포착하기만 하면 될 것이다.

우리는 사람들이 북적거리는 카페로 들어간다. 열광적인 투우 팬들로 분위기가 한껏 고조되어 있다. 플라멩코 댄서들이 무리를 지어 플로어에 몰려 있다. 어떻게 하지? 어떻게 분위기를 맞추지? 만일을 생각해서 나는 웃음을 짓고 흥분한 척 연기한다. 주위 사람들처럼 큰 소리로 이야기하지만 나는 내가 무슨 말을 하는지 모른다. 단지 옆으로 내버려지는 게 겁이 나서 감탄사와 의성어만 내지르고 있기 때문이다. 모두들 눈을 반짝반짝 빛내고 움직이고 있는 틈바구니에서 누군가 아무 빛도 내지 않는 나를 노려보고 있지는 않을까? 나는 선글라스를 끼고, 나를 흥분시켰던 일들, 아름답거나 슬펐던 것들, 내게 깊이 각인되고 영향을 준 일들을 떠올리려고 애쓴다.

사람들과 파리, 먼지, 고함소리로 가득 찬 마드리드의 카페 한가운데에서, 그러나 나의 머릿속에 떠오른 것은 악몽 같던 어릴 때의 기억 하나다. 남동생과 내가 함께 카보네그로에 살던 시절, 여덟 살인 나는 두 살배기 동생을 무릎에 앉히고 강낭콩 모양의 수영장 테두리에 앉아 있다. 더운 여름이었다. 손과 발로 물을 휘저으며 깔깔거리던 동생이 순간 수영장 물에 빠진다. 나는 물에 뛰어들어 동생을 붙잡고 팔을 뻗어 동생을 위로 밀어 올린다. 하지만 나도 어리다. 발도 닿지 않는 곳에서 동생을 붙잡은 채 몸을 지탱할 만큼 힘이 세지 못하다. 공기를 들이마시려고 하는데 동생의 머리가 자꾸 물속에 잠긴다. 동생을 물 위로 다시 밀어 올리니 내가 물속에 가라앉는다. 우리는 물에 빠져 죽기 일보직전이다. 1미터만 더 다가가면 수영장 끝에 닿고, 어른들은 10미터밖에 떨어져 있지 않은데 우리는 물속에서 헤어나오지 못한다. 어른들이 웃고 떠드는 소리가 들리는데 우리는 죽어간다. 아마도 우리가 장난친다고 생각하는 모양이다. 살려 주세요! 살려 주세요! 나는 동생에게 기대며 소리친다. 동생은 점점 더 심하게 팔다리를 떨고 입에 물이 가득 차서 울지도 못한다. 그 끔직한 수맥질의 기억.

우리를 구해 준 사람은 아랍인 아줌마였다. 그 아줌마의 이름이 뭐였더라? 나는 사람들로 요동치는 낯선 카페의 한복판에서 어린 시절의 고마운 아랍 아주머니의 얼굴을 기억해 내려고 애쓴다. 바로 그때 파블로의 목소리가 들렸다. 어이, 루이즈! 괜찮아, 루이즈? 세바스티앙을 소개해 줄게. 이 친구 작년에 아를에서 투우를 했는데 그 땐 귀가 두 개였지. 당신도 알지? 내가 지난주에 내 친구 세바스티앙 얘기 했었잖아. 맞아, 그래. 당신이 세바스티앙이군요? 안녕하세요, 브라보, 카보네그로! 아뇨, 그냥 브라보.

진짜 파스티스*같네, 진짜! 파블로가 감탄한다. 나는 지금껏 파스티스를 한 번도 마셔본 적이 없었다. 눈까지 약에 푹 절어 있었고, 20세기 말의 인간이 손에 넣을 수 있는 가장 끔찍하고 지저분한 것까지 주저 없이 집어삼키며 살았지만, 나는 술은 멀리해 왔었다. 그러나 여기는

* 아니스 향료를 넣은 독한 술.

뜨거운 열기의 마드리드. 나는 잔에 가득 담긴 파스티스를 단숨에 들이킨다. 파블로의 잔까지 빼앗아 마신다. 두려워? 떨리는 내 손을 보며 그가 묻는다. 두려워하지 마. 아주 특별하긴 하지만 두려워할 것까진 없어. 하지만, 두려움이란 편리한 것이기도 하다. 두렵다고 하면 흥분하지 않아도 되고, 입을 꾹 다물고 있어도 된다. 주위의 모든 것에 제대로 반응할 줄 모르는 나 같은 여자에게 두려움은 기막힌 알리바이다. 나는 파블로에게 말한다. 무서워 죽겠어. 그리고는 다시 그에게 내 몸을 바싹 기댄다. 나는 취했다. 사람들이 자꾸 흔들흔들 움직이고, 사물들도 빙빙 돌기 시작한다. 귀는 계속웅웅 울리고, 눈앞은 뿌연 안개 속이다. 우리는 함께 사람들 속으로 나아간다. 여기는, 파도가 높이 일렁이는 바다 위를 항해하는 짐을 가득 실은 배의 갑판 위다.

원형경기장 쪽으로 갈수록 날이 더워졌다. 나는 파블로의 손을 꼭 잡고 걸었다. 단단하게 다져진 흙바닥에선 말똥이 밟히고, 어디선가 말 울음소리가 들려온다. 파블로는 지름길을 알기 때문에 다른 사람들과는 다른 방향으로 나아갔다. 파블로와 함께 있으면 한가로이 거닐 시간이 없다. 우리는 산책이나 하려고 여기에 온 것이 아니라, 땀내 나는 삶을 살고 사랑하려고 왔다. 그래서 나는 그가 이끄는 대로 걷는다.

경사진 긴 골목의 끝. 나는 거기서 좁다란 빛 우물과 느릿느릿 움직이는 먼지의 소용돌이를 본다. 파블로는 걸음의 속도를 늦추면서 내 손을 놓는다. 그는 미소를 지으며 나를 자기 앞으로 민다. 여전히 그의 손가락을 꼭 붙잡은 채 나는 빛 우물 쪽으로 걸어간다. 나는 이제 모든 것을 알아차린다. 고깔 모양의 빛 속에서 나는 흥분과 두려움이 무엇인지를 실감하고 있다. 파블로, 그가 내게 말해 줬던 모든 것을. 태양, 먼지, 음악, 함성을 지르는 사람들의 열기. 시끄럽고, 냄새나고, 지붕 없는 거대한 벌통 같은 그곳에서 나는 단 한 번도 볼 것이라 기대하지 않았던 광경이 눈앞에 펼쳐지고 있는 것을 목격하고 있다.

투우사의 현란한 손놀림. 마침내 투우사가 탄 말을 향해 돌진하는 성난 소. 모래 위의 필사적인 질주. 순간 나는 이 모든 소리와 광경들이 한순간에 정지하는 것을 경험한다. 마음을 준비할 겨를도 없이 벌어진 상황 앞에서 나는 최면술에 걸린 듯 꼼짝도 못한 채 온 몸의 힘이 모조리 빠져나가는 것을 느낀다. 그러다 소가 쓰러질 때 나는 외마디 소리를 지르며 쓰러진다.

파블로가 내게 달려와 쓰러지지 않게 어깨를 붙잡고 부축해 긴 복도의 그늘로 데려갔다. 나는 그늘 속에서 간신히 숨을 쉬고 있다. 부끄러웠다. 부끄러워서 땅 밑으로 들어가고 싶었다. 파블로가 내 이마를 쓰다듬으며 말한다. 미안해, 내가 미처 소가 죽는다는 얘기를 안했나 봐.

20

나는 새로운 산부인과 의사를 찾아냈다. 우리 집 위층에 살았던 내게 임신 5개월 진단을 해 준 친절한 여의사는 미국으로 떠났다. 호의를 품은 주변 사람들이, 친구들이, 친구의 친구들이 내게 의사들을 추천해 주었다. 모두 서로 자기가 소개하는 의사가 더 실력이 좋다고 난리였다. 나는 친절한 의사들, 심각한 의사들, 긴장이 풀린 의사들, 불교를 믿는 의사들, 예술가 의사들, 동성애자 의사들, 쿤달리니를 믿는 의사들, 부인과와 정신과와 대체요법 의사들을 만났다. 하지만 정작 내가 병원을 결정한 건 시조가 모퉁이에 담배를 사러 가다가 간판 하나를 보고나서였다. 따르릉, 따르릉. 저기, 혹시……, 7년 만에 산부인과 선생님을 처음 뵙는 거라서요. 언제 가면 좋을까요? 한두 주 정도 더 기다릴 수 있어요. 지금 당장 보시겠다고요? 아, 네. 그럼 가지요. 이렇게 만난 의사에게 나는 모든 이야기를 열을 내며 털어놓는다. 그녀는 젊지도, 늙지도, 친절하지도, 냉담하지도, 화를 내지도, 충격을 받지도, 호들갑을 떨지도 않았다. 약간 주눅이 들게 하지만 견디기 힘들진 않았다. 옷을 벗으라고 해도 도망치지 않았으니까. 7년 동안 피임약을 계속 드셨다고요? 그렇게 심각한 건 아니에요. 하루에 담배를 80개비씩 피운다고요? 너무 많지만 그것도 그리 심각한 건 아니에요. 나는 묻는다. 뭘 해야 하죠? 피임약을 끊고 나면 환자분 또래의 여느 여자들이 하는 일을 하세요. 그저 똑같이 하시면 돼요. 하지만 그래도 생리가 금방 다시 시작되지 않을 수도 있어요. 잘 됐네요, 하고 나는 중얼거린다. 뭐라고 하셨죠? 잘 됐다고 했어요. 전 제가 정말 원하는 게 뭔지 아직도 잘 모르겠거든요. 옷을 입으세요. 의사는 금세 무뚝뚝해진다. 새빨개진 내 얼굴을 봤는지 의사가 한층 누그러진 말투로 이야기한다. 어머님은 잘 보살펴 드리고 있죠?(나는 의사에게 모든 걸 다 말했다.) 제가 할 수 있는 건 하지요. 그래요, 좋아요, 그게 중요한 거예요. 어머님을 위해서뿐만 아니라 환자분이 낫는데도 도움이 될 거예요. 옷을 다시 입으면서 나는 브래지어가 없어진 걸 알았다. 어디에 있지? 어디 간 거지? 손 위에 있던 게 없는 걸 보니 의자 밑으로 떨어져 들어갔거나 방 한 구석 어딘가에 있을 것 같다. 하지만 의사에게 브래지어를 봤느냐는 얘기는 차마 하지 못한다. 나는 서두른다. 원피스를 입고 왔더라면 더 빨리 나갈 수 있을 텐데. 나는 바삐 청바지를 입고 운동화 끈을 꿴다. 그리고는 바깥으로 나와서 숨을 크게 내쉰다. 홀가분하고 만족스럽기까지 하다. 그런데 왜 거리를 지나다니는 사람들이 나를 보고 웃을까? 사무실에 돌아가서야 그 이유를 알았다. 브래지어가 왼쪽 허벅지를 담쟁이덩굴처럼 감싸고 돌아가 있었던 것이다.

사무실에 앉아 나는 오랜 만에 아드리앙 당신을 생각한다. 참 우습고도 잔인한 인연이지. 오늘 당신은 내가 산부인과를 가는지도 모른 채 차를 몰고 왔지. 면허증을 땄다는 걸 알리기 위해 온 당신은 어린아이처럼 으쓱대는 표정으로 내게 어디로 가든 데려다주겠다고 했지. 그리고는 마치 거절하기 힘든 청혼을 한 사람처럼 내 얼굴을 올려다봤지. 빌어먹을, 당신은 나의 보호자가 아니야. 나는 지금, 당신이 외면해버린, 아니 우리가 함께 간단히 없애버리기로 결정한 내 아이의 죽음을 기억나게 할 장소를 찾아가는 길이란 말이야. 당신은 이제 그냥 가. 이젠 비쥬*도 필요 없어, 그냥 가. 그 알량한 새 차에 당신의 빌어먹을 운명의 여자를 태우러 가. 한 손으론 운전대를 잡고 다른 한 손으론 그 여자의 머리를 쓰다듬으면서 마음껏 행복해 해. 그러나 나는 당신 새 차를 발로 걷어찰 의욕도 생기지 않아 이렇게 말할 뿐이었지. 아니야, 타고 싶지 않아. 난 여기서 누군가를 기다려야 하거든. 다음에 태워 줘. 고마워.

당신은 화가 난 표정으로 액셀러레이터를 밟으며 떠났지. 당신이 일으켜놓은 먼지를 보면서 나는 주저앉아 울고 싶었어. 당신은 그 빌어먹을 차로 나를 다시 한 번 깔아뭉개고 지나갔어. 힘껏 밟아버린 빈 깡통. 한 번에 돌려 꺼버린 담배꽁초. 기억나나? 담배꽁초를 눌러서 끌 줄 모른다고 나를 타박하던 것. 이거 봐, 쉽잖아. 이렇게 살짝 돌리는 동작부터 시작하는 거야. 불이 붙은 끄트머리 부분을 나머지 부분과 분리하는 거지. 그런 다음 이렇게, 잘 짓이기면 되는 거야. 봤지? 그래, 실컷 보았지. 간단히 담배를 눌러 끄는 당신의 손동작을. 당신 인생의 새로운 여자가 우리 인생을 망가뜨리는 방식을.

기억나나? 언젠가 포르크롤 가, 당신 아버지의 집에서 내 아빠가 당신 아버지에게 말했었지. 자네가 그 뛰어난 재능으로 많은 작품을 내지 못한 게 얼마나 안타까운지 모르겠네. 그랬더니 당신 아버지는 자랑스럽게 당신을

* Blsou, 뺨을 서로 부비고 입을 맞추는 프랑스 특유의 인사법.

가리키며 대답했지. 내가 작품을 내지 않은 건 이미 걸작이 있기 때문이야. 내 걸작은 아드리앙이네. 어찌나 우스운지! 어찌나 슬픈지! 얼마나 엉망진창인지! 그때 이미 당신과 파울라는 연인이었지. 그 여자는 밤에는 당신 아버지와 잤고, 오후엔 당신을 만나고 있었지. 늙은 관리인 아저씨는 내게 두 사람이 1층의 커다란 방에서 만난다고 내게 말해 주었지. 당신은 당신 아버지의 말대로 걸작이었어. 사랑하는 아버지의 약혼녀와 아이를 만들려고 사랑하는 여자를 버리는 남자는 흔하지 않지. 당신은 마지못해 불쌍한 히폴리토스*가 된 건 아니잖아? 자기를 사랑하는 사람들의 등에 칼을 꽂는 몹쓸 인간이 된 게 누구의 강요로 억지로 된 게 아니잖아? 당신의 터미네이터 파울라는? 내가 카페에서 당신을 만난 날 파울라에게 욕을 해대던 일 기억나나? 당신의 파울라는 더러운 년이고, 창녀이고, 메르퇴이유 후작부인**처럼 성병에 걸려 죽을 년이고, 심지어는 환풍기에 똥을 싸고는 그 결과가 어떤지 보는 년이라고까지 욕을 퍼부었지만 당신은 나의 뺨을 때리거나 반박을 하지 않았지. 대신 파울라는 착하고 너그럽고 고상한 사람이라고 점잖게 말했지. 그 착하고 너그럽고 점잖은 여자가 가지고 놀던 남자 장난감

---

* Hippolytos, 그리스 신화의 영웅. 계모인 파이드라가 그에게 연정을 품는다.
** 소설 《위험한 관계》에 나오는 등장인물.

들이 아니라, 그 하찮은 장난감을 사랑하고 이해하다가 그 장난감에게 버림받은 여자들은 안중에도 없다는 듯이. 아니다. 당신 말이 맞아. 문제는 파울라가 아니야. 당신의 아들도 아니고, 탈모증과 당신은 새로운 손버릇은 정말이지 문제가 아니야. 태어났으면 일곱 살이 되어 뛰어놀 한 아이를 쉽게 포기하고도, 마침내 한 아이의 아버지가 되고도, 여전히 응석받이처럼 자신이 떠난 여자에게 '다음에 만나, 자기' 하며 떠날 수 있는 당신의 천진함이 문제인 거야.

당신, 이제 우리에게 '다음'은 없어. 나는 이제 당신에게, 당신에 대해 남은 나의 미련에게, 애틋함에게, 얼마 안 되는 미안함의 기억에게도 작별을 고하려고 해. 가라앉아 굳어버린 고통과 슬픔의 더께여, 안녕. 한숨과 슬픔과 속절없던 울음이여, 안녕. 무엇보다, 천진함으로 가득 찼던 우리의 철부지 결혼생활이여, 안녕.

아드리앙이 엄마와 이스라엘에 잠시 여행을 갔던 적이 있었다. 단지 사랑한다는 걸 상기하기 위해 하루에도 열 번씩 전화를 해대던 시절. 알라는 위대하다는 걸 잊지 말라고 외치는 무에진*처럼 사랑한다는 말을 되풀이하느라 받게 된 15,000프랑의 전화요금 영수증. 사랑은 서로 닮는 것이라고 쌍둥이처럼 행동하는 것이라고 믿었

* 하루에 다섯 번 이슬람 사원에서 예배 시간을 알리는 사람.

던 시절. 과다한 수면제를 입에 털어 넣는 것이 당신에게 다가가는 것이라 믿었던 나는 이제 내 빈속을 채웠던 그 치명적인 약들이 나를 망가뜨린 뒤에야 조금씩 깨닫기 시작한다. 우린 어쩌면 어른이 되기 위해 서로 떠나야 했을지 모른다고. 그것이 늙은 응석받이 아이가 되지 않을 유일한 방법이었는지 모른다고. 사랑한다는 건 서로 닮는다는 게 아니다. 사랑한다는 건 똑같아진다는 게, 쌍둥이처럼 행동한다는 게, 우리는 떨어질 수 없다고 믿는 게 아니다. 사랑한다는 건 서로를 떠나게 될 걸, 서로 그만 사랑하게 될 걸 두려워하는 게 아니다. 사랑한다는 건 혼자 추락하는 걸, 혼자 다시 일어서는 걸 받아들이는 것이다. 그것이 내가 한없이 의지하려고만 했던, 그리고 당신이 한없이 질투하며 이겨보려 했던 아버지 세대에서 벗어나 우리 스스로 두 발로 세상에 서는 출발일 것이다.

나는 파블로를 바라보고 있다. 반쯤 감긴 그의 눈꺼풀, 이마에 흐르다가 햇볕에 마른 땀, 모래사장 위 드리워진 또렷한 그의 손 그림자, 그의 몸 저 위쪽 멀리에 펼쳐진 하늘. 그는 자고 있다. 우리는 계획도 없이 즉흥적으로 떠나왔다. 생일 선물이라며 그는 커다란 세계지도를 주면서 내게 고르라고 했다. 나는 눈을 감고 손가락으로 종이 위를 더듬다가 브라질에 갖다 대고 말았다. 그리하여 우리는 이 아열대 대지에 발을 딛게 된 것이다.

우리는 살바도르 데 바히아 공항에서 가방을 도둑맞았다. 옷도, 수영복도, 책도, 모조리 사라졌다. 호텔 방에는 그와 나, 그리고 우리 앞에 펼쳐진 환한 바다 풍경 밖에 없었다. 그래도 우리는 잘 지낸다. 우리는 항구에서 쌍동선에 올랐다. 식민지 시절 브라질 최대의 노예항구. 벌겋게 녹슨 쌍동선이 비바람에 앞뒤로 요동을 쳤고, 브라질 현지인들, 여행객들, 아이들이 갑판 이쪽 끝에서 저쪽 끝까지 흔들리다가 얼굴이 새하얘져서 토했다. 그러는 사이 팔찌를 파는 여자아이가 성모마리아를 엮은 팔찌를 내 팔에 묶어주며 행운을 빌어준다. 파블로는 선체에 기대어 까마득한 수평선 너머를 뚫어져라 응시하고 있다. 나는 뱃멀미를 하지 않으려고 딴 생각에 집중하려 안간힘을 쓰고 있었다. 돌아가면 근시 수술을 받을까? 그럼 다른 사람들처럼 잘 볼 수 있겠지. 렌즈가 없으면 거울을 볼 때 허리를 구부정하게 굽히고 코를 바짝 갖다 대야 한다. 그러다 보면 거울 속의 코에 코가 딱 붙어 사팔뜨기가 된다. 코를 고칠까? 자전거에서 떨어지는 바람에 옆쪽이 구부정하게 휜 코.

이런 생각을 하고 있을 때였다. 쌍동선에 있던 사람들은 더 이상 토하지 않았고, 멀리 바다 위에 웅크리고 있는 커다란 짐승 같은 모습을 한 모로 섬을 바라보고 있었다. 내 두 다리를 타고 7년 만에 처음으로 뜨끈하고 역겨운 피가 흐르고 있었고, 이내 끈적끈적한 피가 발 아래로 흥건하게 퍼져갔다. 황급하고 부끄러워서 나는 기절하거나 발작을 일으킨 척 할까 하는 생각을 했지만, 정작은 아무 것도 하지 않은 채 그 자리에 망연히 굳어 있을 뿐이었다. 놀란 파블로가 자신의 푸른 색 점퍼를 내 허리에 묶었다. 나는 가만히 그에게 몸을 맡기고 사람들이 터준 길을 걸어갔고, 그가 안내하는 대로 푸사다 다스 플로레스 호텔로 갔다. 파블로는 호텔방 침대에 나를 눕혔다. 그리고는 섬의 유일한 옷가게로 뛰어가 하얀 체크무늬가 있는 초록색 미니 원피스를 사다 주었다. 나는 이제 더 이상 누군가의 전처가 아니다. 나는 비로소 처음 느끼는 편안한 행복을 가슴으로 받아들이고 있었다. 예전에는 단 한 번도 느꼈던 적이 없는, 몸의 가장 깊숙한 곳이 따뜻해지는 감각. 그것은 사랑을 확인하기 위해 안절부절 못하는 천진함으로는 얻을 수 없는 체험이었다.

지금까지 나는 세상 사람들 앞에 나 자신을 드러내는 것이 너무도 두려웠고, 그렇게 조심조심하는 나 자신이 밉고 지긋지긋했다. 근시가, 난청이, 실어증이. 내가 추방한 이 모든 감정들, 내가 더 이상 입 밖에 내고 싶지 않은 이 모든 단어 끌어안고 내 안에 갇혀 지내는 것도 견디기가 힘들었다. 사랑 때문에 초조했고, 버림 받아 망가지고, 배신으로 치를 떨고, 질투로 황폐해지고, 외로움이 광기를 부르던, 나를 둘러싸고 있던 모든 상황들. 나는 그것들에 대해 말을 하느니 차라리 죽는 게 낫다고 생각했고, 이미 입 밖에 낸 말은 폐기처분하고 싶었다. 너무 어려서부터 낡아버린 상처 난 마음과 몸 때문에 미치도록 괴로웠다. 불과 얼마 전까지만 해도 나는 절망하고 있었다. 나는 이제 되살아나지 못할 것이며, 다른 영혼에 스며들지도 못할 것이라고. 하지만 이젠? 파블로는 내게 키스하며 내 속에 갇힌 말들을 마신다. 내가 말들을 가두어놓았을 때조차 내 속에 웅성거리는 말들을 듣는다. 이 바보, 당신 무슨 생각하는 거야? 당신 정말 내가 듣지 못한다고 생각하는 거야? 당신이 입 밖에 내지 않는 그 사랑과 상처의 말들을? 나는 부끄럽고, 부끄러운 게 다시 부끄럽다. 그 말들을 생각하는 게 부끄럽고, 그 말들을 입 밖에 낼 수 없다는 게 부끄럽다. 나는 내 안에 도사리고 있는 차가움이 끔찍했다. 더 이상 뜨거워지지도, 아프지도 않는. 삶을, 행복을, 불행을, 사람들을, 투우를, 죽음을 옆에 두고 모른 척 지나치는. 그러나 이제 나는 말한다. 가짜 인생은 엿이나 먹으라지. 어둠, 침묵, 무기력, 고양이들, 청바지도 엿이나 먹으라지. 파블로가 옳다. 그는 존재의 시를 쓰는 시인처럼 말한다. 살지 않는 걸 그만 둬야 해. 울지 않는 걸 그만 둬야 해. 눈물을 참는 걸 그만 둬야 해. 살아있는 걸 겁내는 걸 그만 둬야 해. 그가 공항에서 내게 말했다. 당신이 욕실에서 라디오를 틀 때마다 오줌을 눌 거란 걸 나는 알아. 난 당신의 몸에서 나는 어떤 하찮은 소리도 라디오에서 울리는 음악보다 좋아해. 당신 이제 《영주의 연인》 좀 그만 읽어. 천상의 사랑, 잘생기고 고귀하고 완벽한 연인들은 이제 끊어버려. 아침마다 우린 부석부석하고 입에서 군내가 나잖아. 원래 그런 거야. 받아 들여. 그것이 인생이란 걸. 그래 이제 나도 알 수 있을 것 같다. 인생이란, 언젠가 내가 파블로를 떠날 수 있고, 파블로도 나를 떠날 수 있다는 것이다. 내가 다른 사람을 파블로보다 더 좋아할 수도 있고, 파블로가 나한테 정이 떨어질 수도 있다는 것이다. 그렇게 되면 슬프긴 하겠지만, 그래도 세상이 다 끝난 건 아닐 것이다. 슬픔 역시 지나갈 것이다. 행복처럼, 인생처럼, 고통을 덜 받기 위해 우리가 잊어버린 기억이나, 거짓말과 섞어버리는 비틀어진 기억들처럼. 코코넛 밀크의 흐릿한 향, 비치 샌들을 신은 우리의 발, 땅바닥을 기어가는 커다란 지네들, 가라푸아, 반짝이는 강물, 웅덩이를 강아지처럼 겅중겅중 뛰어서 건너는 새끼 당나귀, 우리가 도착했을 때부터 뒤를 졸졸 따라다니는 커다란 누런 개. 나는 벌써 파블로와 함께 한 추억들이 있고, 그것만으로도 좋다. 해 뜰 무렵의 그날 아침, 파블로가 내게 말했다. 루이즈, 두고 봐. 우린 다시 시작하는 거야. 중요한 건 다시 시작한다는 거야.

나는 아드리앙을 사랑했던 것과 같은 방식으로 그를 사랑하지는 않는다. 나는 그를 더 이상 아이들이 서로를 사랑하는 것처럼 사랑하지 않는다. 결국 삶은 초고인 것이다. 각각의 이야기는 다음 이야기를 위한 준비 작업이다. 쓸데없는 군더더기를 지우고 또 지워서 어느 정도 깨끗해지고 오타가 없어지면 끝이 난다. 그러면 떠날 일만 남는다. 그래서 삶은 긴 것이다. 심각할 것 하나 없다.

편집노트

욕망의 상자 안에 갇힌, 사랑에 관한 같고도 다른 말들

우리 자신의 일부가 아닌 것은 그 어느 것도 우리를 괴롭힐 수 없다 – 헤르만 헤세

1. '한 여름 사랑이 넘치는 무화과나무 아래서' 남과 여 두 지식인이 사랑에 관해 이야기를 나누고 있다. 베르나르 앙리 레비와 프랑수와즈 지루, 이 두 사람의 대화를 묶은 책 『남자와 여자, 사랑에 관한 같고도 다른 말들』의 서문에 나오는 풍경이다. 『렉스프레스』지 발기인이기도 한 유명 저널리스트이자 지스카르 데스탱 정부에서 '여성의 사회적 지휘를 위한 장관'을 지낸 지루와, 새삼 설명할 필요도 없을 만큼 유명한, 철학자이자 작가이며, 영화감독, 저널리스트로 종횡무진 프랑스 논단과 미디어를 누비는 레비의 대화는 당연히 사랑에 관한 우리의 빈곤한 두뇌를 채워주는 풍요로운 교양서다.

"나는 잘 생긴 남자만 사랑해요." 지루가 고백한다. "나는 못 생긴 여자도 원할 수 있어요." 레비가 대꾸한다. '못 생긴 여자'도 원할 수 있다고 말하는 이 남자. 약관 30세의 나이에 68혁명을 주도하는 좌파의 얼굴에서 '인간의 얼굴을 한 야만'을 간파하고 신철학의 기수를 자처하는가 하면, 30여 년이 훌쩍 지난 지금 니콜라 사르코지 우파정권의 프로포즈를 거절하면서 '그럼에도 나는 좌파다'라고 말하는 이 지적인 남자. 영화배우 이상으로 잘 생기고, 지적이고, 게다가 유대인 백만장자의 아들로 재력까지 겸비한 이 남자. 그런데 그가 『보그』지 표지모델을 지낸 귀족집안 출신 미모의 톱모델과 결혼했지만 그녀를 버리고, 그녀와의 사이에서 태어난 딸에게 늘 '부재 중'이고, 밤에는 호텔을 전전하며 이 여자 저 여자를 옮겨 다니고, 딸에게 그 여자들을 새엄마라 부르라 권하는 '자유로운' 영혼의 소유자라는 사실을, 나는 이 남자의 첫 번째 딸 주스틴 레비가 쓴 소설 두 권을 읽고서 알게 되었다. 그래도 프랑스 아닌가. 만일 주스틴의 소설을 읽지 않았다면, '부적절한' 혼외정사에 대한 아름다운 철학적 해석이 넘치는 프랑스 영화만 접해온 나는 이 역시 그의 보헤미안 기질로 선망할 수도 있었겠다. 딸의 소설에 나오는, 첫 아내의 폐허가 된 삶(삶이라고 부르기도 민망한)과, 평균적인 인간의 현실에 닻을 내리지 못하고 부유(浮遊)하는 그의 딸의 고통스런 삶의 내면을 보지 못했다면 말이다.

이 편집노트는 물론, 앙리 레비라는 꽤 괜찮은 지식인에 대한 스토킹 비판이 목적은 아니다. 68세대가 이후 거의 대부분 신자유주의 질서로 편입되거나, 『심각하지 않아』 속 주스틴(루이즈)의 남편 라파엘 앙토방(아드리앙)처럼 여전히 '마르크스주의와 신자유주의 사이에서' 선택을 고민하는 모습을 보이는 현실에서 앙리 레비는 고루하거나 약삭빠른 목소리를 내지 않는 믿을만한 지식인이다. 여기서 관심을 가져야 할 것은 자식세대가 이들 68세대에게 던져온 내면적이고도 현실적인 물음 하나이다.

주스틴 레비는 첫 소설 『만남』에서 자신의 부모가 속한 격동의 68세대를 향해 "당신들은 당신들이 낳은 자식들을 어떻게 했느냐"는 질문을 던진다. 물론 그녀의 질문은 명시적이지도 날카롭지도 않은 것으로, 그녀가 그려내는 부모의 삶에 대한 묘사의 행간 속에 간신히 숨어있다. 이혼한 엄마와 아빠 사이를 오가는 유년을 보내야 했던 그녀는 아버지인 앙리 레비가 제공하는 물질적 풍요 속에서 자라지만, 여느 아이들처럼 친구를 초대하는 생일파티를 열어본 경험조차 없다. 어린 여자아이는 매우 빠르게 상황을 파악한다. 그녀는 이혼 이후 황폐해져

가는 엄마의 모습에 연민을 느끼지만 아빠를 '선택' 한다. 엄마에 대한 그녀의 사랑과 혐오의 밑바탕에 여덟 살 때 엄마를 떠난 죄의식이 자리 잡고 있음은 물론이다.

마약, 도벽, 동성애, 감옥이라는 실로 엽기적이기까지 한 엄마의 삶을 혐오할수록 그로부터 멀어질 것이라고 그녀는 생각한다. 주스틴이 그려내는 아빠의 모습은 너무 멀리 있고 무책임하기는 해도 '정상적' 이다. 이 시선은 실상 그녀의 엄마도 공유하고 있는 것이다. 그렇기 때문에 그녀에게 이혼은 단절이 아닌 '상실' 이고, 독립이 아닌 파탄이었던 것이다. 소설 속에서 루이즈의 엄마는 자기 자신의 삶의 질서도 갖지 못한 채 나락으로 끝없이 추락한다. 그럼에도 어린 딸이 안타까운 심정으로 계속 반추하는 것은, 반바지에 기모노 상의라는 파격적인 의상에도 불구하고 여전히 아름다운 엄마의 미모이며 그녀의 머리로부터 자꾸 달아나는 머리카락일 뿐이지, 그녀의 불행한 삶의 기원에 관한 것이 아니다.

2. "내 삶에는 네가 들어올 자리가 없다"며 딸을 아빠에게 보내는 엄마와, 정상적이지만 늘 부재중인 아빠, 이 두 사람 중 누가 더 무책임한가 하는 질문은 좀 더 뒤로 미루어두기로 한다. 이 지점에서 생기는 의구심은 부모 세대에게 '당신들은 우리를 어떻게 했느냐' 고 질문을 던

지는 68세대의 자식들 바로 그들이다. 다행히도 현실제도에 성공적으로 진입한 68세대의 자식들은, 적어도 이 소설 속에서는 부모들로부터 전혀 독립적이지 못하다. 좀 심란하게 말하자면, 이들이 꿈꾸고 그려가는 사랑은 '천상의 사랑'에 대한 꿈이며, 천진성의 지속이다. 소설 속에 그려지는 이들은 아직 미숙하고 발달이 덜 된 아이들이다. 천진한 사랑이 시들해 질 때, 아드리앙처럼 이들 중 일부는 아버지의 애인을 빼앗거나, 근친상간을 꿈꾸거나, 사랑의 보헤미안 중 하나가 된다. 한마디로 이들은 부모세대의 욕망 끝에 매달린 세대이다. 소설 속에 나오는, 알몸으로 침대에 누워 루이즈를 기다리는 남자친구가 아우슈비츠의 생존자 프리모 레비의 『이것이 인간인가』를 읽고 있는 모습은 실존적인 고민이 생략된 이들 세대가 부모세대의 지적 경험을 이어받는 방식을 상징한다. 이들은 때로 부모세대의 극복을 명분으로 고발하고 규탄하지만, "너희들이 즐기고 있는 것을 똑바로 보라"는 라캉의 충고를 들었던 68세대보다 이들은 자기 안의 비속한 욕망을 바라보는 데 있어 더 근시안이다. 아니 이들은 자신들의 욕망과 향유하는 것의 실체에 관심이 없거나 아예 맹목적이다.

주스틴 레비는 아빠 앙리 레비의 절친한 친구 장 폴 앙토방의 아들과 결혼하지만, 이들의 결혼은 파국에 이른다. 이제 이십대 후반이 된 그녀의 삶은, 아이러니하게도 그토록 혐오하던 엄마의 삶을 고스란히 재현하고 있다. 그렇다면 이것은 운명일까, 아니면 어떤 필연의 작용일까? 순수하고 영원한 사랑, 행복한 결혼이라는 '강요된 욕망' 을 내면화하고 있는 한, 그녀와 엄마의 불행은 어쩌면 필연적인 것이다. 사랑도 권력이고, 자본이고, 교환가치로 취급되는 사회에서 그녀들은 불가능한 것을 꿈꾸기 때문이다. 그녀들은 실상 시장법칙이 작용하는 사회에서 경쟁의 탈락자들인 것이다. 반면 소설에서 파울라라는 이름으로 등장하는, 현재 프랑스 사르코지 대통령의 부인 카를라 브루니는 경쟁의 종국적 승리자이다. 루이즈가 아무리 남편을 빼앗아간 파울라의 성형한 얼굴을 두고 '살인자의 미소를 띤 터미네이터' 라고 비웃는다 해도 그것은 허망한 자기위안에 그칠 뿐이다. "내 나이 40, 애인 30명을 사랑했지만, 난 아직 어린애"라는 가사의 샹송을 당당하게 부를 수 있는 그녀는 루이즈의 천진한 사랑지상주의보다 훨씬 매혹적이고 경쟁력을 갖는다. 브루니의 출산문제가 사르코지의 재선과 직결되어 있는 사회에서 이미 오래 전 사랑과 권력욕망은 더 이상 구분되지 않는다.

3. 그렇다면 승리한 사람만이 웃을 수 있는 욕망의 상

자 안에서 패자들에게 남겨진 선택은 무엇이 될 수 있을까? 소설 속 루이즈는 낙태와 약물중독, 재활원, 이혼과 폐허라는 전형적인 패자의 삶을 이어간다. 이 지점에서 관음증의 개입은 거절되어야 한다. 우리는 루이즈에게 어설픈 복수극을 요구하거나 또는 이성(理性)에 의한 초극을 바라서는 안 된다. 우리는 복수드라마에서 복수하는 주체에게 박수를 보내면서도 내심으로는 복수당하는 현실의 강자를 선망하기 때문이다. 루이즈는 답답할 정도로 혐오와 자기파괴를 오래 지속한다. 그녀는 상실된 것들이 다시 찾아오기를 갈구하지만, 이미 거짓으로 점철된 사랑의 약속들 안에 숨겨진 속된(허망한) 욕망을 알아버린 듯하다. 그녀는 고통스런 삶을 '고백'하기로 결심한다. 소설 속에서 루이즈는 자신의 삶을 망가뜨린 사람들을 비난하고 냉소하지만, 소설의 주조는 어디까지나 그녀의 내면적인 자기극복의 과정이다. 쉼표도 생략한 채 가쁜 호흡으로 내닫는 주스틴의 글이 지닌 묘한 매력은 오히려 그녀가 자신의 아버지로부터 물려받았을 지식인적 자의식을 여기에 개입시키지 않는 데서 온다. 그녀는 아버지 식으로 '해방된 여성' 같은 개념에 기대지 않는다. 자신 안의 비루하거나 유치한 욕망까지 드러내기를 주저 않는 글쓰기는 역설적으로 자기가 속한 계급 안에서 금기로 여겨져 온 것들을 무너뜨리고, 불가능해 보이는 것들을 언어화하는 성취를 이룬다.

욕망의 상자 안에서는 상처받아도 멀쩡한 척 해야 겨우 재기가 용납되는 불문율이 작용한다. 그런데 그녀는 이 생존의 조건으로부터 강요되는 실어증을 거부하고 끊임없이 징징거린다. 미국의 한 유명한 페미니스트는 그녀의 소설을 두고 '부잣집 딸의 응석과 투정'이라 일축했지만, 그 반대의 의견에 무게가 좀 더 실린다. 벨기에 출신 톱디자이너 다이앤 폰 퍼스텐버그는 주스틴을 가리켜 "용감한 소녀"라고 추켜세웠다. 주스틴의 루이즈는 여전히 잃어버린 사랑을 애석해 하고 자아도취에서 완전히 벗어나지 못했지만, 소설의 어느 지점에서 "사랑은 역겨운 것"이라고 선언하는 순간 그녀는 이미 엄마의 삶의 방식과 다른 선택의 가능성을 스스로 열어놓는다. 주스틴의 두 번째 소설을 읽으며, 나는 그녀가 아직은 혼란스런 글쓰기를 지속해도 좋을 것이라는 생각을 갖게 되었다. 그녀만의 방식으로, 그녀가 너무 쉽게 용서하고 기댔던 아버지 세대의 원죄까지를 추궁하도록 부추겨야 하고, 그리하여 아무 것에도 기댈 곳 없음으로 해서 지금까지와는 전혀 다른 구원의 길을 찾도록 해야 한다고 말이다. "다른 사람이 만들어준 우리의 모습을 정신적으로 거부함으로써만 우리는 우리 자신을 구원할 수 있다"는 사르트르 식 선택의 징후는 이미 소설 곳곳에 산재해 있다.

꾸리에 강경미

옮긴이 이희정은 서울여자대학교 불어불문학과와 한국외국어대학교 통·번역대학원 한불과를 졸업한 뒤, 전문번역가로 일하고 있다. 옮긴 책으로는 『아더와 미니모이』(웅진주니어), 『어린이 아틀라스』(문학동네어린이), 『생생 탐험 신기한 동식물을 찾아서』(뜨인돌어린이), 『시간이 뭐예요?』(문학동네), 『독소』(랜덤하우스코리아),『차이나프리카』(에코리브르) 등이 있다.

심각하지 않아
Rien de Grave

초판 1쇄 발행 2009년 10월 27일
초판 2쇄 발행 2010년 1월 12일
지은이 주스틴 레비
옮긴이 이희정
펴낸이 강경미
펴낸곳 꾸리에북스
일러스트 이윤미
디자인 최지유(jiyoobook@naver.com)
출판 등록 2008년 08월 1일 제 313-2008-000125호
주소 (우)121-838 서울 마포구 서교동 358-152번지 3층
전화 02)336-5032
팩스 02)336-5034
전자우편 courrierbook@naver.com

값 11,000원

ISBN 978-89-962175-9-6 03860